展览馆里的巨响

[德]格尔特·吕本斯特隆克/著
[德]豪克·考克/绘
王　萍　万迎朗/译

天津出版传媒集团
新蕾出版社

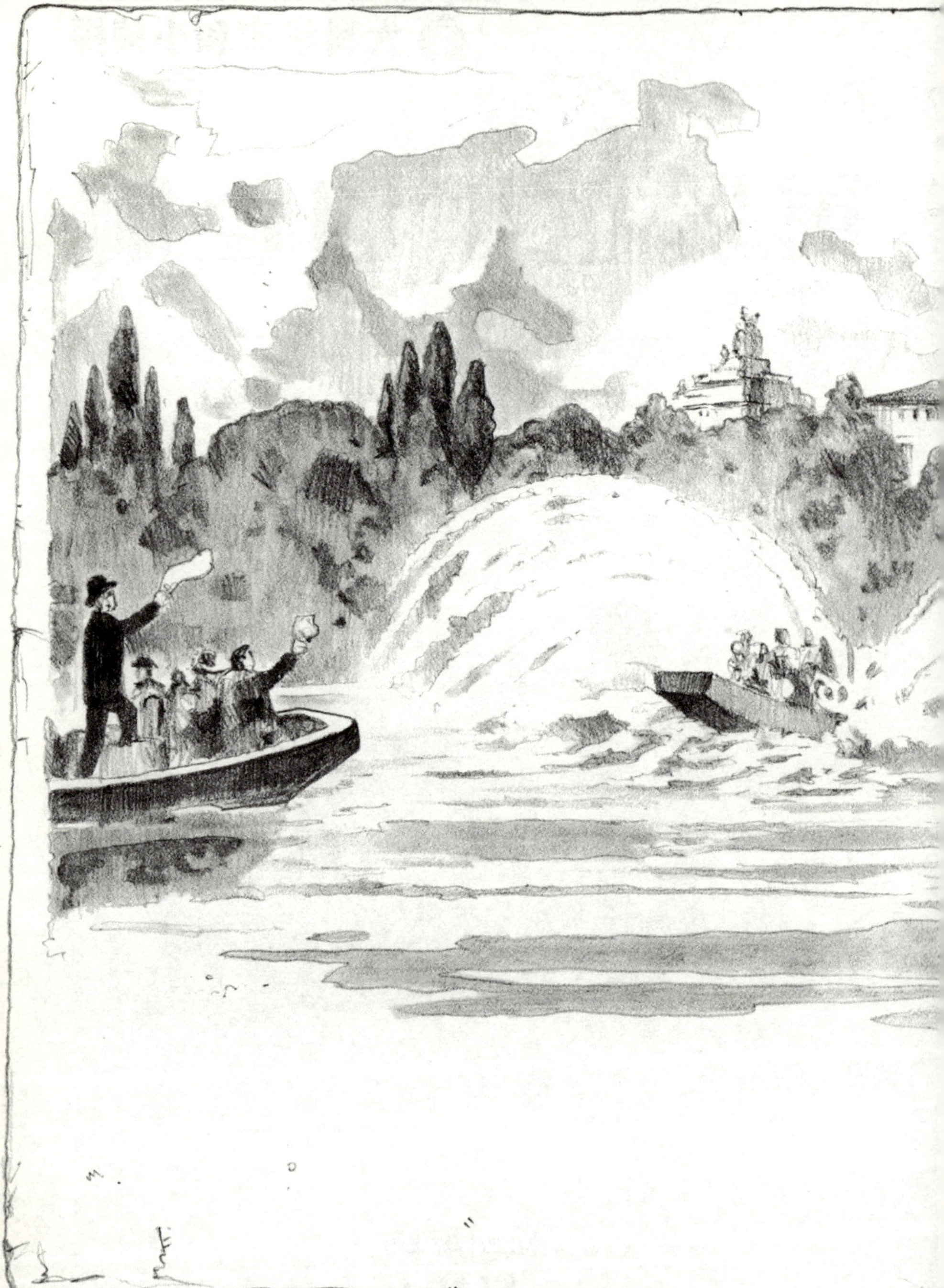

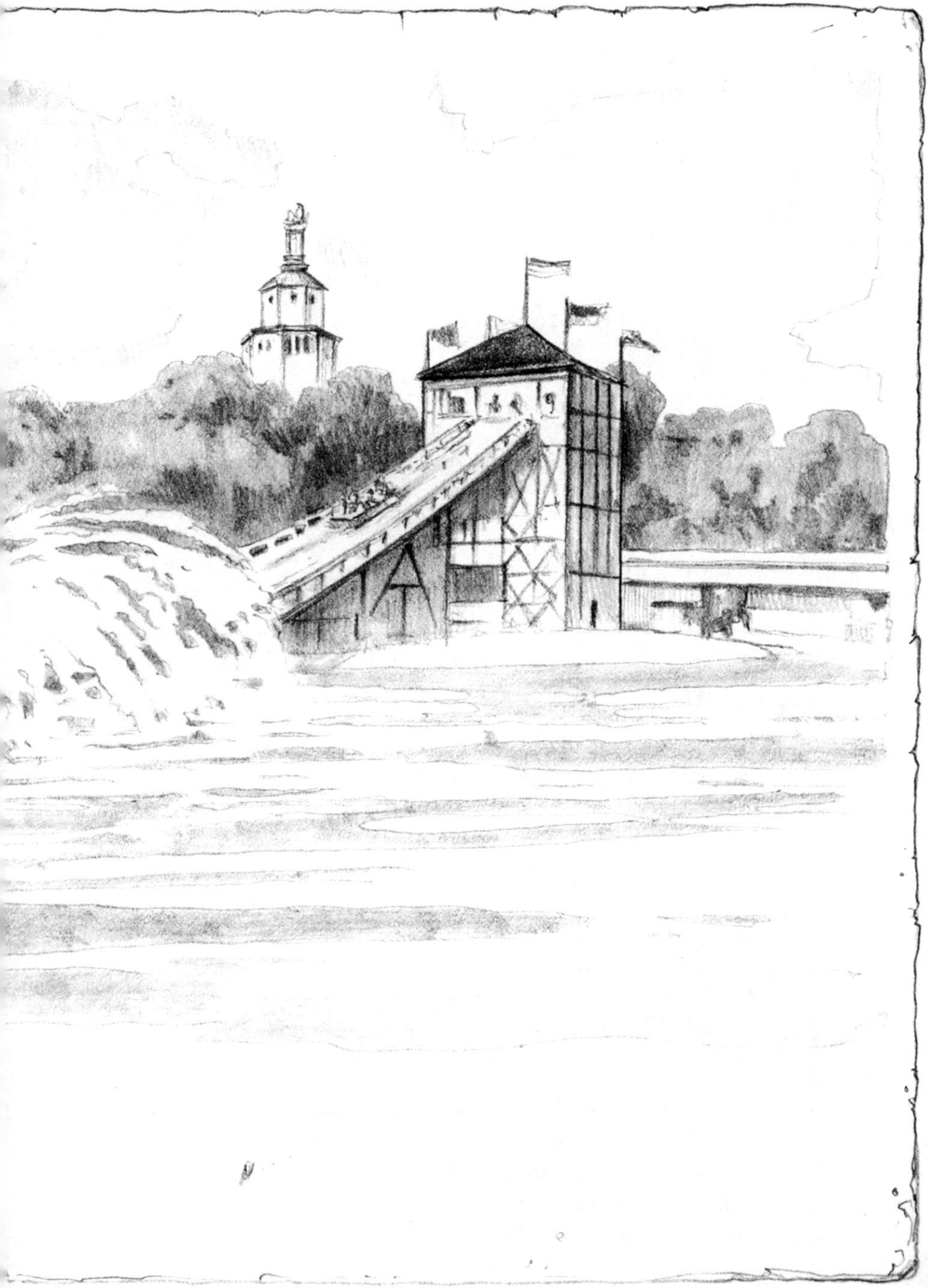

图书在版编目（CIP）数据

展览馆里的巨响/（德）格尔特·吕本斯特隆克著；（德）豪克·考克绘；王萍，万迎朗译. — 天津：新蕾出版社，2023.7（2024.3重印）
（大科学家和小侦探）
ISBN 978-7-5307-7524-0

Ⅰ.①展… Ⅱ.①格…②豪…③王…④万… Ⅲ.①儿童小说-侦探小说-德国-现代 Ⅳ.①I516.84

中国国家版本馆CIP数据核字(2023)第031852号

Title of the original German Edition: Explosion in der Motorenhalle (Rudolf Diesel)
© 2008 Loewe Verlag GmbH, Bindlach
Simplified Chinese translation copyright © 2023 by New Buds Publishing House (Tianjin) Limited Company
ALL RIGHTS RESERVED
津图登字：02-2022-034

书　　名：	展览馆里的巨响 ZHANLANGUAN LI DE JU XIANG
出版发行：	天津出版传媒集团 新蕾出版社 http://www.newbuds.com.cn
地　　址：	天津市和平区西康路35号（300051）
出 版 人：	马玉秀
电　　话：	总编办（022）23332422 发行部（022）23332351　23332677
传　　真：	（022）23332422
经　　销：	全国新华书店
印　　刷：	天津新华印务有限公司
开　　本：	880mm×1230mm　1/32
字　　数：	48千字
印　　张：	4.5
版　　次：	2023年7月第1版　2024年3月第2次印刷
定　　价：	26.80元

著作权所有，请勿擅用本书制作各类出版物，违者必究。
如发现印、装质量问题，影响阅读，请与本社发行部联系调换。
地址：天津市和平区西康路35号
电话：（022）23332351　邮编：300051

目 录

一 破坏者 /1

二 跟上他 /14

三 在煤岛上 /28

四 一封匿名信 /38

五 被困 /48

六 过分严苛的检查员 /60

七 发动机受损 /73

八 夜间值勤员 /85

九 绑架 /97

十 好险 /109

答案/120

鲁道夫·狄塞尔生平大事年表/123

鲁道夫·狄塞尔和他的发明/125

趣味小实验/133

一
破 坏 者

一名男子躲进了门廊,探头向街上窥视。正值中午,钟楼里的钟刚敲了十二下。

此时阳光炙热,男子却穿着保暖的灰色毛呢外套。几分钟前,他刚从货场那边跑过来,已是大汗淋漓。

他摘下帽子,用手擦了擦额头上的汗水。来了!马蹄声近了!他小心翼翼地把头又往前探。一辆马车刚刚拐进了他面前的街道,车上载着一只大木箱。紧随其后的第二辆马车也是同样。男子刚才在货场就盯上了这两辆马车。

马车在啤酒花园前停了下来。门廊里的男

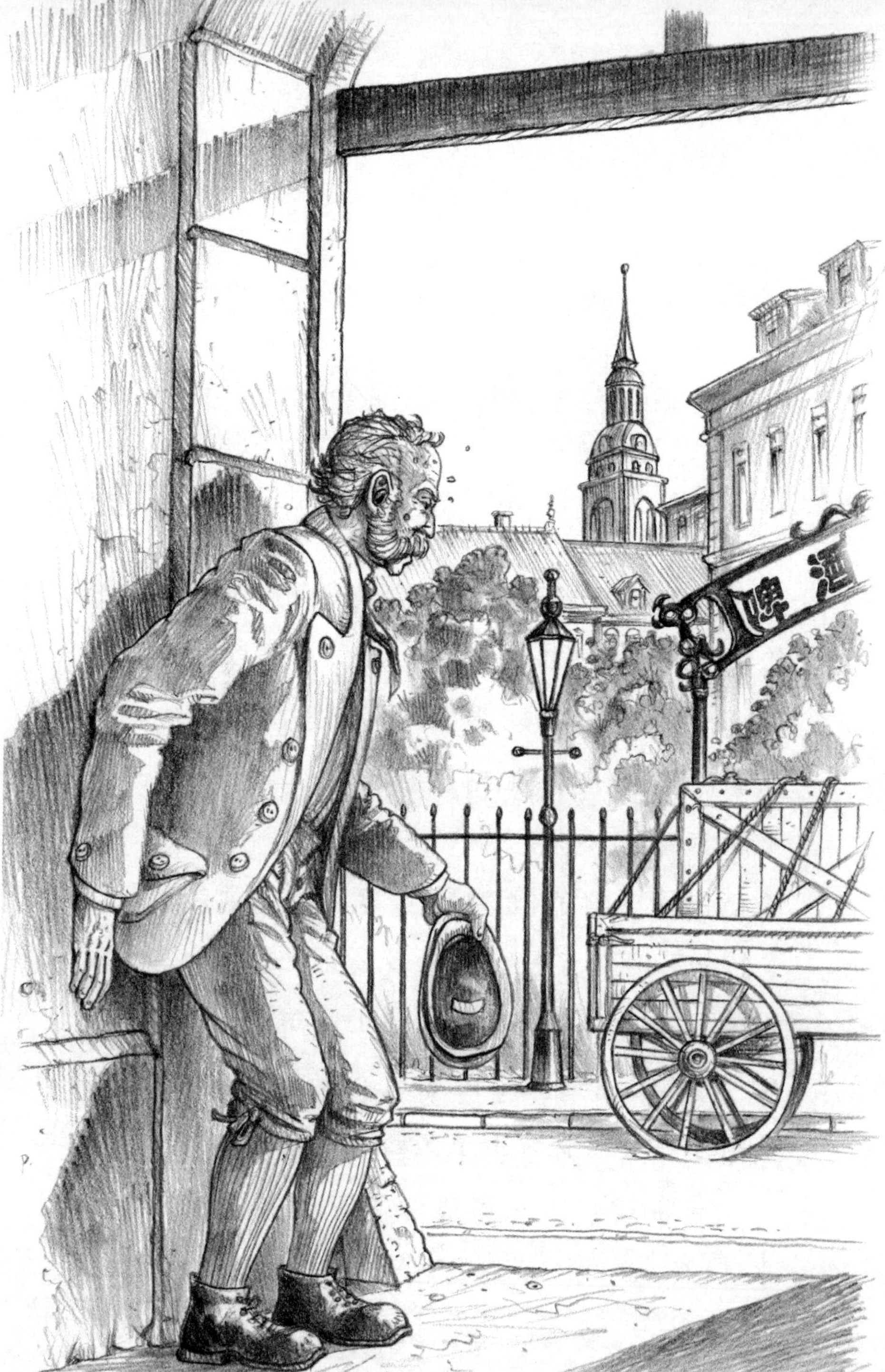
啤酒

展览馆里的巨响

子嘴角上扬。果然如他所料,车夫和两名副手下了车,钻进了啤酒花园,按照当地人的习惯,吃一根白香肠,喝一杯啤酒。

男子又等了一分钟,然后匆匆穿过街道,来到第一辆马车前。他弯腰做出要系鞋带的样子,同时快速地向四面八方瞥了几眼,确定没人注意到自己。紧接着,他动作流畅地钻到马车底下,一只手从口袋里掏出了一个长长的东西。

几分钟后,他钻了出来,走到第二辆马车前,也在车下消失了片刻。待他又一次现身

后，他掸掉裤子和外套上的灰尘，用手帕擦了擦脸，若无其事地踱步走进了啤酒花园。

"我可以走了吗？"别墅客厅里，鲁道夫在椅子上不安分地来回挪动。

父亲隔着大桌子盯着他："你这么着急是要干什么？"

"他想去看发动机！"欧根喊道，"我也想去，可以吗，爸爸？"

"你给我安静！"鲁道夫对弟弟吼起来，但为时已晚。

"什么样的发动机？"狄塞尔先生问大儿子。

"就是您的柴油发动机呀！今天，它们会被运到煤岛上的展览馆。"鲁道夫解释，"约翰和我想帮您守护它们。"

"你想帮忙守护，和你的朋友约翰一起？"父

展览馆里的巨响

亲微笑着,"你觉得有必要吗?"

鲁道夫使劲点头:"您自己说过,有人想要阻止这次发动机展览会的举办。"

"嗯,是的,"父亲承认,"确实如此。但是在运输过程中蓄意破坏,这我可从来没说过。"

鲁道夫的妹妹海蒂一脸迷茫地看着父亲:"'蓄意'是什么意思?"

狄塞尔先生叹了口气:"就是存心使坏,比如故意弄坏别人的东西。"他掏出怀表看了一眼:"不早了,我也要回展览馆了。"

父亲话音刚落,鲁道夫就已经跑到楼梯间了。家门口,一名男孩和一名女孩在等他。

鲁道夫指着女孩说:"她来做什么?"

"他在说谁?"克拉拉·加特纳挑眉问哥哥约翰。约翰家住在两个街区之外。约翰和鲁道夫是同班同学。

"我妈妈让我带上她。"约翰带着歉意说。

鲁道夫闷哼了一声:"这下我们不仅要守护发动机,还要腾出手照顾你妹妹。"

克拉拉气呼呼地辩解道:"我已经够大了,完全能自己照顾自己!"

"好,那就出发吧!"鲁道夫说,"走,约翰!"

他俩转身狂奔起来,很快就冲出沙克大街,消失在了拐角处。

展览馆里的巨响

"等等我!"克拉拉气得直跺脚。

这俩男孩在想什么?他们以为她会站在这里干着急吗?

那他们可想错了!

她知道他们要去哪里。克拉拉对这个街区非常熟悉。她没有沿着沙克大街去追赶他们,而是抄了近路。她会让他们见识到自己的厉害的!

两个街区外,约翰和鲁道夫气喘吁吁地停下来。

"咱们……成功地……甩掉她了吗?"鲁道夫喘着粗气问。

"我想是甩掉了。"约翰点点头,"克拉拉是跑得挺快的,但没这么快。"

他俩往前没走多远,就看到了两辆载着大木箱的马车。

"体积相当大。"约翰以专业口吻说。

"而且很重。"一个声音从他们身后传来。男孩们转过头,看到克拉拉正得意地站在他们身后,眉开眼笑的。

"你怎么追上来的?"约翰简直不敢相信。

克拉拉耸了耸肩,说:"我们女孩有自己的窍门。"

"好吧,"鲁道夫无奈地叹了口气,"那你就跟我们一起吧。"

"我们现在做什么?"克拉拉问。

展览馆里的巨响

"守护柴油发动机。"约翰郑重其事地说,"你们看,谁都可以上手去摸一摸木箱,根本没有人管。要知道,这是本世纪最伟大的发明啊!"

"别夸大其词了。"克拉拉不太相信。

约翰翻了个白眼:"还是你来说吧,鲁道夫。"

"约翰说得没错,柴油发动机将改变世界。它比蒸汽机强大得多。"

"而且也小很多。"约翰补充道,"它可以用在任何地方,不仅仅是在大工厂里。"

克拉拉盯着两辆马车上的货物说:"我看它们一点儿也不小。"

"你对机械一窍不通。"说完,约翰意味深长地看着鲁道夫,"女孩都这样,没办法。"

克拉拉刚要和他们开始新一轮的争辩,就被脚步声打断了。

车夫吃完了午餐，回到了马车上。马慢慢开始挪动步子。

约翰、鲁道夫和克拉拉跟在马车旁。他们刚走了几米，身后就传来一声巨响。鲁道夫立即回头，只见后面那辆马车的右后轮掉了，并且那轮子正朝他滚来。他吓傻了，一动不动地站在原地，眼看就要被轮子碾轧了！

在这个紧要关头，他的后背被人推了一把，让他摔倒在一边。

是约翰沉着冷静地救了他。

"哎哟！"鲁道夫坐起来，揉了揉受伤的膝盖。

紧接着又传来第二声巨响，第一辆车的轴也断了。鲁道夫又一次呆若木鸡。

"噢，不！"克拉拉喊道。由于车身倾斜，大木箱开始慢慢滑动。先是一毫米一毫米地滑，然

展览馆里的巨响

后越来越快。固定箱子的麻绳在巨大的拉力下快要被扯断了!

车夫和副手连忙从车上跳下来,用尽全力抵住滑动的大木箱。

"嘿,你们!"其中一名男子冲着三个孩子喊,"快去找人帮忙,快!"

鲁道夫赶紧挣扎着爬起来。"你快去啤酒花园叫人!"他冲克拉拉喊道,"约翰和我在这里帮忙!"

克拉拉跑走了,两个男孩和车夫一起,用身体抵住大木箱。

没过一

分钟，十几个人就从啤酒花园跑了出来。

在车夫的大声指挥下，一些人爬上马车，抓紧了绳索，车夫和另一些人则在下面托着大木箱。他们一起使劲，把大木箱一点点放下来，直到它稳稳地落到人行道上。

约翰和鲁道夫揉着被压痛的手臂。

"这东西真是重得要命。"约翰边说边擦了擦额头上的汗水。

车夫和来帮忙的人大声讨论着事故原因。在场的人都没有注意到，在啤酒花园门口，一名男子正冷眼观察着这一切。

两个男孩听着人们激烈的争论，克拉拉则仔细查看着马车。"快来！"她激动地示意约翰和鲁道夫过来，"这绝不是一场意外。有人在两辆马车上都动了手脚！"

克拉拉如何发现这不是意外的？

13

二 跟上他

"你怎么知道的?"约翰惊讶地看着她。

克拉拉弯下腰,从马车底下拽出一样东西。"给!"她把一小块做外套常用的灰毛呢递给男孩们。毛呢的一边被撕成了不规则的形状,垂下来的一根线上还连着一枚鹿角纽扣。

"破坏者的外套被夹住了,他一时性急就硬拽了。"克拉拉解释道。

展览馆里的巨响

约翰将信将疑:"没准毛呢早就在那儿了。"

"两车同时出问题也是巧合?"克拉拉反问道。

约翰一时语塞。鲁道夫看着他们,说:"破坏者也许就在附近!快,我们找找!"

这时,围观的人明显增多了。三个孩子在人群中穿梭,寻找一个身着灰色毛呢外套、上面有破损且少了一枚纽扣的人。

克拉拉不动声色地挤进人群,又穿出人群,希望能有所收获。就在几乎要放弃时,她忽然瞥见一名穿灰色毛呢外套的男子正靠在啤酒花园的大门上——他的外套口袋破了!

克拉拉立即四处寻找男孩们,但隔着人群,她看不到他俩。该怎么办?就在这时,那名男子扶着门柱站直身,沿着街道慢慢离去。克拉拉顾不上什么少女形象了,她把两根手指放进嘴里,吹了三声响亮的口哨儿,然后悄悄跟在那名男子后面。

很快,鲁道夫和约翰来到了她身边。

克拉拉指了指前面的人:"就是他。"

"你肯定?"约翰问。

克拉拉点点头:"他外套口袋上有一个洞。还有,他为什么要鬼鬼祟祟地离开?"

就在这时,男子回头看见了三个孩子,不自觉地加快了脚步。克拉拉、鲁道夫和约翰只好一路小跑,以免跟丢了。

男子走到街道尽头,拐了个弯。孩子们以最快的速度跟了上去。

展览馆里的巨响

跑到拐角时,他们放慢了脚步。鲁道夫小心翼翼地把头向前探了探,视线绕过房子的墙壁。那人已经快到下一个路口了。"追兵们"飞奔而上。

他们上气不接下气地跑到下一个路口,但在那里已经看不到男子的踪迹了,只有一辆电车正"嘎吱嘎吱"地驶向远方。

"没办法了。"鲁道夫喘着气,"他现在可能在任何地方,说不定正坐在电车里笑呢。"

三人面面相觑。"那我们现在怎么办?"克拉拉问。

鲁道夫耸了耸肩。这时,约翰有了个主意:"我想,我们还是应该在这个路口附近再找找,也许他只是躲在公共汽车的候车亭里呢。"

克拉拉和约翰搜寻了相邻的街道,鲁道夫检查了候车亭。这些地方都空荡荡的,他们完全被

甩掉了。

鲁道夫失望地踢着一枚苹果核。苹果核向前滚了两米,停在一张纸的旁边。鲁道夫眯起眼睛:那是什么?他跑过去,弯腰捡起那张折叠起来的纸。

"嘿,快来看!"他喊道。

克拉拉和约翰立刻跑了过去。

"这一定是那人丢的!"鲁道夫说。

"也可能是从别人口袋里掉出来的。"克拉拉不以为然。

"是的,比如从口袋里掏钱包买车票时不小心带出来的。"约翰补充道。

但当鲁道夫把纸展开时,兄妹俩还是挤在了他身边。

那是一封手写信。可惜写信人没有直呼收信人的名字,而是以"我亲爱的朋友"开头。仅在

展览馆里的巨响

第一段中,"狄塞尔"这个名字就出现了好几次。

"你是对的,"克拉拉对鲁道夫说,"信一定是刚才那个人的!"

鲁道夫小心翼翼地把信折好,说:"也许父亲可以看出点儿什么。"

他们回到了事故现场,心情比之前稍微放松了一些。两辆备用马车已经到了。鲁道夫的父亲和一名又高又瘦的男子站在一台发动机旁。那是奥托·豪普特曼,狄塞尔先生身边最好的工程师之一。他对狄塞尔先生点了点头,然后绕到车的另一边,给等在那里的人下指令。

孩子们挤到狄塞尔先生身边。

"爸爸!"鲁道夫激动地喊,"这不是一场意外!"

"我知道,鲁道夫。"狄塞尔先生把手放在儿子的肩膀上,安慰着他,"我们检查过了,马车的轴是被锯断的。"

"破坏者弄丢了这个!"鲁道夫得意地举起那封信。

狄塞尔先生接过信,展开。他扫了一眼信上的内容,皱起眉头,然后抬起头来。

"埃米尔·卡皮庭。"他只说了这一句。

"什么皮艇?"约翰问。

"没有皮艇,约翰。埃米尔·卡皮庭是一位法国发明家,他声称我偷了他的专利,对我提起

了诉讼。"

克拉拉疑惑不解地看着他。

"他认为我偷了他的想法,抄袭了他的技术。"狄塞尔先生解释说。

"他不讲道理,狄塞尔先生。"克拉拉睁大眼睛看着鲁道夫的父亲。

狄塞尔先生笑了:"你的信任让我感到荣幸,克拉拉。是的,卡皮庭先生所指的专利与我的柴油发动机完全无关。在七月份的法庭终审中,他败诉了。但这似乎并不能阻止他继续针对我。"

"蓄意破坏!"鲁道夫怒火中烧。

"别急着下结论,我的孩子。"狄塞尔先生安抚儿子说,"我们还没有证据表明卡皮庭先生就是这件事情的幕后黑手。"

"但您也认为是这位卡皮庭先生写信并指使他人损坏马车的,对吗?"克拉拉追问。

展览馆里的巨响

"狄塞尔先生,"工程师豪普特曼打断了他们的谈话,"我们需要听您的建议。"

狄塞尔先生把信折好放入口袋:"孩子们,我们稍后再说这件事儿。"说完,他跟着工程师走开了。

其中一个木箱从马车上滑落时受损严重,不得不拆掉。这样一来,在场的每个人都看到了柴油发动机的外观。狄塞尔先生绕马车走了一圈,检查麻绳系得牢不牢,然后给出了出发的信号。

马车缓缓地动了起来。马走得很慢,人们步行完全可以跟上。克拉拉第一次有机会仔细打量这台大型发动机。一个和她一样高的大轮子,固定在一个比轮子还要高一倍的金属柱子上。她被这个钢铁制成的庞然大物震撼了。

"一台了不起的机器,对不对?"工程师豪普特曼的声音把她从沉思中拉了回来。

"但巨大无比。"克拉拉回答。

工程师笑了,隔着厚厚的眼镜片对克拉拉眨了眨眼:"为工厂或船舶提供动力的蒸汽机比这还要大得多呢。柴油发动机可以把提供给它的能量的四分之一转化为动力。蒸汽机和汽油发动机最多只能转化十分之一的能量。"

"所以,和其他发动机相比,柴油发动机能更好地利用能源?"克拉拉问。

展览馆里的巨响

工程师点点头:"对,比原先的好很多。但是,有些人并不喜欢它。"

"护卫队"走到了利奥波德大街,这条大街通向慕尼黑一个紧挨着河边的地区。

当煤岛终于出现在他们面前时,天色已近黄昏,太阳光早已不毒辣了。

他们穿过路德维希桥,来到了展览馆前的空地上。狄塞尔先生的柴油发动机将在这座展览馆里向公众首次展出。

展览馆的大门敞开着。几名工人等候在那里,准备将新发动机安装到位。

克拉拉、鲁道夫和约翰好奇地从他们身边跑过,到展厅里去参观。里面有两台发动机已经安装好了。它们的大轮子有一半卡在地板的凹槽里。每台发动机的高度和长度都在两米左右,排气管从屋顶穿了出去。

鲁道夫透过一扇橱窗般大小的窗户看向外面，工人们正用木板当滑道，小心翼翼地把新到的发动机从马车上卸下来。

"破坏者进不来。"他心满意足地说。

约翰心有疑虑地摇摇头："我可不敢这么笃定。"

约翰看到了什么？

三
在煤岛上

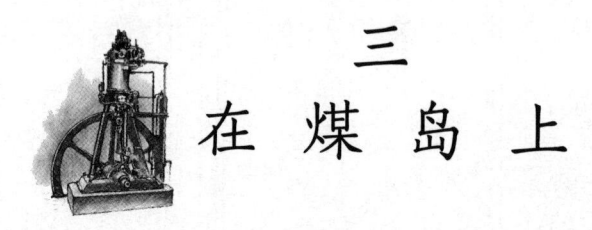

"真狡猾。"约翰低声说。

窗户从表面上看是关着的,但仔细观察就可以发现,其中一个插销并没有插上。这样的话,从外面很容易就能打开窗户。

狄塞尔先生和工程师豪普特曼还站在马车旁。孩子们找到他们并把这一发现告诉了他们。狄塞尔先生立即命人检查插销。

在工人们忙碌的时候,克拉拉、鲁道夫和约翰在煤岛上闲逛起来。他们走过几座展览馆,来到一个大展厅前的广场上。这里,一辆辆满载重物的马车缓缓移动,等着把货物卸到不同的展览

展览馆里的巨响

馆。

三人沿着宽阔的主干道向一处大喷泉走去,尽管喷泉并没有喷水。不远处,工人们正在建造一座十米多高的木塔。孩子们走近才发现,塔顶伸出了一架数米宽的巨大滑梯,直通伊萨尔河。

"谁会从那里滑下去?"克拉拉问。

"不是给人直接用的,"鲁道夫回答,父亲向他介绍过这架滑梯,"这是供滑车使用的滑梯。你可以在塔顶坐上一台滑车,然后滑进水里!"

"听你这么一说,我真想去试一下!"约翰喊道,"你觉得展览开放后,我们能去玩儿吗?"

"能!"鲁道夫和克拉拉异口同声地说。

他们一起在岛上漫步,然后在河岸的一棵垂柳下找到一个阴凉处。男孩们靠着粗壮的树干小憩,克拉拉则脱下鞋子,把脚伸到清凉的河水中。她边想着在公共汽车站捡到的那封信,边把

小石头扔进了水里。扑通！扑通！

突然，柳树低垂的枝条动了动，发出窸窸窣窣的声音。不知从哪里传来一个浑厚的男声："瞧瞧，这里竟然有这么可爱的孩子。"

三人吓了一跳。回过神后，他们发现面前站着一名身材高大的男子。男子的脸几乎完全藏在了大胡子后面，大胡子长达腰际，灰白的头发上戴着一顶最流行的灰色帽子。尽管天气暖和，他还是穿着一件灰色的羊绒大衣，系着扣子。一个木制的小贩托盘挂在他的脖子上。

男子递给他们一沓印着煤岛风景的明信片。"孩子们，给爷爷奶奶寄一张漂亮的明信片如何？"他用讨好的语气问。

鲁道夫一脸狐疑地扫视着他的托盘。"您除了这个，就没有什么别的东西卖吗？"他的语气中带着些许讥讽。

展览馆里的巨响

"你到底要……"男子刚想厉声说什么,又住了嘴,恢复了假惺惺的友好语气,"你们也看到了,现在参观者不多,我用不着带那么多货。"

他在鲁道夫面前弯下腰来,胡须尖几乎要碰到鲁道夫的额头了。鲁道夫不由自主地向后退了几步。

"你看起来很眼熟。"男子用手抚摸着胡须,"你的这张脸让我想起了一个人……"

"你到底想干什么?"克拉拉跳了起来。

男人笑了,但这笑毫无善意。

"狄塞尔!"他用粗糙的食指指着鲁道夫喊道。他抬手时,大衣下昂贵的细条纹西装隐约可见。"你就是小狄塞尔,对吧?"

"那又怎样?"鲁道夫挑衅地反问。

克拉拉看到一抹狰狞的笑在这个陌生人的脸上漾开。他眼露凶光,神色越来越阴暗,向孩

子们慢慢逼近。三个孩子不得不站了起来,后背向树干靠去。他们紧张地盯着这名面孔阴森的男子。等他靠近后,孩子们看到他右眼下方有一道红色疤痕。

展览馆里的巨响

克拉拉慌乱地四下打量：垂柳后是茂密的荆棘丛，那里根本没有逃跑的可能，唯一的逃跑通道是一条狭窄的小路，却被这名男子用硕大的身躯挡住了。

"别缠着我们！"克拉拉喊。

"我不会伤害你们的。"卖明信片的人又狞笑了，"我只想和你谈谈。"说完，他抓住了鲁道夫的胳膊。

"走开，不然我要叫人了！"克拉拉强装镇定。

陌生人的笑容里充满恶意。

"喂，喂。"大胡子男子身后突然响起一个声音，"伙计，我知道推销东西很难，但也不至于逼人太甚吧？"

卖明信片的人慌了神，立刻松开了手，紧张地转过身。克拉拉从他身侧望去，看到一个身材

瘦削的年轻人，戴着一顶破旧的黑色礼帽，披着长长的黑色斗篷，斗篷上点缀有深蓝色的缎面小星星。

"少管闲事！"卖明信片的男子对斗篷男子喊道。

不过，斗篷男子并没有被这句话吓退。"这恰好是我的事情之一。"他说。

"我不过是问孩子们几个问题而已。"卖明信片的男子反驳道，但声音听起来不像之前那么

展览馆里的巨响

狂妄了。

"是吗,孩子们?"斗篷男子直接问三个孩子。

"他过分好奇了。"克拉拉回答。

"如果他不再打扰我们,我们会很高兴的。"鲁道夫说,另外两人也点了点头。

"你听到了,孩子们希望你赶紧离开。"斗篷男子对卖明信片的男子说,然后又补充了一句,"我也这么想。"

有那么一瞬间,卖明信片的男子似乎要嚷嚷起来了。他的脸,至少没被大胡须遮挡住的部分涨得通红。他努力克制着自己。

"哼!"他跺着脚离开了,很快就消失在了灌木丛中。

"他暂时放过了你们。"斗篷男子说,"但你们应该尽快离开这个僻静的角落。"

他们一起向着主干道旁的大喷泉走去。

"我只想知道为什么一个卖明信片的小贩对我的爸爸如此感兴趣。"鲁道夫想着,不自觉地说出声来。

"那人绝对不是专门卖明信片的。"约翰说,"你们没有发现他的古怪之处吗?"

约翰注意到了什么？

四
一封匿名信

克拉拉满脸疑惑地看着哥哥。突然,她用手拍了一下前额:"没错!制作精良的羊绒大衣,时尚的帽子,考究的细条纹西装!对一个卖明信片的小贩来说,他的衣着太讲究了。他到底是谁呢?"

约翰和鲁道夫耸了耸肩。"这家伙在寻找有关柴油发动机的信息,这一点我基本敢肯定。"约翰说道。

"那他是我爸爸的对手?"鲁道夫问。

约翰点点头:"说不定还是破坏者呢。"

"好吧,好吧,不要着急下定论。"他们的大

展览馆里的巨响

救星刚才一直默不作声,此刻插嘴说,"单从这个人不是卖明信片的小贩这一点,并不能推断出他就是个坏人哪。"

"那么,"克拉拉有点儿咄咄逼人,"您为什么穿着奇装异服走来走去呢?"

她指了指缝在男人黑色斗篷上的深蓝色缎面星星。

男人露出神秘的微笑,在孩子们面前挥了一下礼帽,深深鞠了一躬:"请允许我自我介绍一下,人们都叫我魔术师马克西姆。"

三个孩子瞪大眼睛看着他。

马克西姆点点头:"扑克牌魔术和逃脱魔术是我的专长。"倏忽间,他用一个迅疾的动作伸手从克拉拉耳后抓出一个红色的球。男孩们哈哈大笑,克拉拉则惊得合不拢嘴。"当然,作为一名魔术师,我可以凭空出现,再神秘消失。现在,

我马上就要消失了。有生意在召唤我。"

说完,他转身朝着桥边走去,斗篷在风中飘扬。

"谢谢您出手相助!"鲁道夫在他身后喊道。

走到半路的马克西姆挥了挥手:"再会,朋友们!"

三个人也笑着挥了挥手。

展览馆里的巨响

回家吃晚饭时,鲁道夫看到餐桌旁有一位陌生人。等母亲和弟弟妹妹也坐下后,父亲向大家做介绍:"孩子们,这位是胡贝尔先生。他是我非常重要的工程师之一,今天专程从奥格斯堡赶过来的,负责发动机的安全运行。他将住在咱们家,直到展览结束。"

胡贝尔先生友好地向大家点了点头。"我听说你们差点儿抓到一个破坏者。"他说。

鲁道夫点点头:"今天我们可能还在煤岛上遇到了另一个。"

"是吗?怎么没有听你说起?"狄塞尔先生

关切地问儿子。

鲁道夫讲述了他们与所谓的明信片小贩相遇的这段故事。

"你说他有着长而浓密的胡须？"父亲问，"你还注意到他脸上其他的特征了吗？"

鲁道夫回想了一会儿，然后开口道："他的一只眼睛下面有一道伤疤。我记得应该是在右边。"

"啊哈！"狄塞尔先生跳了起来，"是吕德斯！我早就应该猜到的！"他神情激动地在房间里来回踱步。

"吕德斯是谁？"鲁道夫很好奇。

"他是亚琛工业大学的教授。"工程师胡贝尔解释道。

"一位非常有意思的教授！"狄塞尔先生感慨，"多年来，他一直向学生和公众宣告，我的发

展览馆里的巨响

动机无法运转。"

"但每个人都可以看到它们能运转哪。"鲁道夫插话道。

"如果一个人选择不想看,那他自然就看不到。"狄塞尔先生稍稍平静了一些,重新坐回桌边,"吕德斯教授声称仔细研究过我的专利,他认为根据我的专利说明书是不可能制造出一台能运转的发动机的。于是,我的发动机在他眼中自然就无法运转了。"

"紧急情况下,他说不定会自己想办法阻碍它运转呢。"工程师胡贝尔插话道,"不然他怎么会乔装打扮成小贩,鬼鬼祟祟地出现在煤岛上呢?"

狄塞尔先生摇摇头:"简直难以想象。我知道吕德斯脾气暴躁,但说到搞破坏嘛……不,那不像是他会做的事情。"

吃完饭，两个大人就到书房去了。鲁道夫很想再问他们几个问题，但他知道父亲不愿意被打扰。于是，他回到自己的房间，拿出金属建筑工具包，无精打采地把几根小棍组装起来。约翰答应他说要过来，但直到现在也没来。

又等了一会儿，约翰终于到了，鲁道夫此时已经组装好一辆完整的拖车了。鲁道夫把晚餐时听到的关于吕德斯教授的一切迅速告诉了约翰。

"我要是上了大学，可不想面对这样的教授。"约翰笑着说。

就在这时，他们听到餐厅里传来"哐啷"一声响，紧接着是刺耳的尖叫声。男孩们一跃而起，冲出了房间。

他们看到鲁道夫的父母和工程师胡贝尔站在餐厅的一扇大窗户旁。玻璃被打碎了，地毯上

到处是碎片。

　　狄塞尔先生打开窗户,向街道张望:"看不到一个人影。这群胆小的无赖!"

　　工程师胡贝尔弯腰从地毯上捡起一个东西。那是一块拳头大小的石头,上面用绳子绑着一张折起来的纸。他拿出一把小折叠刀割断绳子,小心翼翼地展开了纸。

鲁道夫和约翰可以看出文字是用笨拙的字体写的。胡贝尔扫了一眼:"一封匿名恐吓信。"说完,他把信递给狄塞尔先生。

狄塞尔先生仔细看了几行。"他们在煽动民众反对我们。"他无奈地摇摇头。

"我们应该认真对待这件事儿。"工程师胡贝尔的语气听起来十分忧虑,"如果对手真的教唆民众反对我们,那可能会给我们造成无法估量的损失。民众说不定还会损坏您的发动机。"

狄塞尔先生若有所思地看着手中的信:"但我们现在不能放弃,胡贝尔,我们距离实现目标只有一步之遥了。"

"我可以看看这封信吗?"鲁道夫问。父亲把信递给了他。鲁道夫研究了一会儿后断言:"这不是一个普通的慕尼黑市民写的,而是一个受过良好教育的人写的。"

狄塞尔，带上你的发动机滚出去！我们不希望展览馆在我们耳边炸毁。发动机反正也不能运转！如果你不愿意这样做，我们可就要帮忙了。你会经历从未遇到过的大爆炸。

——一群忧心忡忡的慕尼黑市民

鲁道夫是如何得出结论的？

五 被困

"看这里！"鲁道夫指着那封信激动地说，"写字的人想让我们认为他没有什么文化，不知道该如何正确写'希望'和'反正'，但他却正确写出了'炸毁''爆炸''忧心忡忡'这样较复杂的词语！"

狄塞尔先生点点头："没错，鲁道夫。你的观察力很敏锐。他就是想吓唬吓唬我们。我们最好是置之不理。"

狄塞尔先生将话题就此打住。女仆过来收拾玻璃碎片，临时用一块布遮住了窗户。约翰只好告辞回家。

展览馆里的巨响

一天的忙碌后,鲁道夫很快进入了梦乡。

第二天早餐时分,工程师胡贝尔又提起了那个话题:"我一直在反复琢磨。我觉得有一种可能性,那就是破坏者有帮手,而且是我们自己人。"

鲁道夫差点儿被面包噎住:"何以见得?"他咳嗽起来。

胡贝尔摇头晃脑地说:"比如,破坏者怎么知道咱们运输发动机的确切时间?"

"这绝不可能!"狄塞尔先生反驳他,"我们的同事都值得信赖。"

"我当然也愿意相信他们,"胡贝尔用刀切开早餐鸡蛋,"可事实摆在眼前。您回忆一下,有没有哪位同事暗地里对您怀恨在心?"

"我没法儿回忆。"狄塞尔先生从未想过也不愿意去想有没有这种可能性。

"奥托·豪普特曼呢？"工程师胡贝尔穷追不舍，"您之前不是想解雇他吗？"

"那都是陈芝麻烂谷子的事儿了。"狄塞尔先生做了一个手势，表示那些都不值一提，"那不过是一个误会而已。豪普特曼后来一再向我证明了他的忠诚。"

"有些人可是记仇的……"

展览馆里的巨响

"我不想再听这些了。"鲁道夫从父亲的表情能看出,这一段讨论将到此为止。

工程师胡贝尔专注于吃鸡蛋了,鲁道夫也开始专心地吃面包了。

"胡贝尔怀疑另一位工程师,豪普特曼。"早餐后,鲁道夫向来接他的朋友们一五一十地汇报,"他认为豪普特曼是破坏者的同谋。"

"我越来越迷糊了。"约翰挠了挠头说,"先是有人锯断了车轴,然后吕德斯教授冒了出来,伪装成一个卖明信片的小贩,现在又是豪普特曼先生……他们勾结在一起了吗?"

他们快走到煤岛的时候,克拉拉突然停了下来。

"别转身。"她低声说,"我们在啤酒花园跟踪的那个人正坐在刚刚路过的咖啡馆前,穿毛呢

外套的那个。"

"你确定?"鲁道夫问。

"当然。我们该怎么办?"克拉拉焦急不已。

还没等两个男孩反应过来,那人就往桌子上扔了几枚硬币,朝相反方向走去。走到路口时,他迅速回头瞥了一眼,随后消失在了拐角处。

"你们怎么看,咱们应该跟踪他吗?"鲁道夫问。

"当然!"约翰毫不迟疑,"克拉拉,你绕着街区走另一条路。如果他甩开我们,你可能会看到他要去哪里。"

"要是我们都跟丢了怎么办?"

"不会的。"约翰急切地说,"如果都跟丢了,我们就在煤岛上碰头。快走吧!"

不等克拉拉应声,约翰就出发了。鲁道夫向克拉拉点点头:"按他说的做。我们一会儿见。"

展览馆里的巨响

说完,他便去追赶约翰了。

当男孩们绕过拐角后,那名男子已经走出大约两百米了。他再次东张西望,犹豫了一下,随即消失在了一扇门后。

约翰和鲁道夫在后面紧追不舍。匆忙间,约翰没看到人行道上的一坨狗屎,一脚踩了上去。他骂骂咧咧地停下来,有那么一瞬间,他想在路边把鞋底的污垢刮掉,但最后他还是决定先追上去再说。

门后是一个铺满鹅卵石的庭院,通向后排的房屋。房屋前面有一个地窖,入口处的木门半敞着。

"他进了地下室。"鲁道夫推测。

"那我们只能跟下去了!"约翰跑过庭院,鲁道夫紧随其后。

木门下,楼梯逐渐消失在一片黑暗中。鲁道夫犹豫了:"我不知道……"

"你不会想退缩吧?"

"也许我们应该等等克拉拉。"鲁道夫踱着步说。

"你什么时候需要女孩子为你壮胆了?"约翰嘲笑道,"反正我要进去了。"

说完这句话,他便消失在了地窖里。犹豫了片刻,鲁道夫跟了上去。

到达下面后,他们才发现这其实是一个巨大

展览馆里的巨响

的煤窖。尽管有光线洒落下来,但里面还是太幽暗了,他们甚至看不到对面的墙壁。

他们慢慢向前迈了一步,然后又迈出一步。突然,"啪"的一声,四周漆黑一片。他们杵在原地,一动也不敢动。

"怎么回事?"约翰低声问。

"估计是有人关上了地窖门。"鲁道夫淡淡地说,"他就是为了把我们引诱进来。现在,我们被困在里面,他却可以不慌不忙地离开了。瞧你出的好主意!"

"可恶。"约翰转身,摸索着往出口走去。只有一丝微弱的光亮在指引方向。

"你要做什么?"鲁道夫在黑暗中喊道。

"我看看能不能从里面推开木门。"

鲁道夫听到嘎吱声和木头的碰撞声。

"行不通!"约翰的声音传到他耳边,"锁得

很紧。我们必须另寻出口。"

鲁道夫等他走回来后,两人一起在黑暗中摸索着前进。他们显然是走在一条长长的走廊里,能摸到左右两边的门,但除了走廊尽头的那一扇,其余的全都被锁上了。尽头的那扇门通向一个光线昏暗的房间。

"一个卸煤口!"约翰指着对面喊道,光线从那里射入地窖,"也许我们可以从那里离开。"

他们正要走向卸煤口,一阵"嘎吱嘎吱"的声音把他们吓了一跳。突然,地窖亮了起来,亮得让他们几乎睁不开眼睛。卸煤口上方的木板被人移开了,刺眼的阳光倾泻而入。

他们快步穿过地窖走廊,可还没到卸煤口,一铲煤就哗啦啦地落了下来。约翰迅速地跳到一边,但鲁道夫瞬间被煤"包围"了。他的鞋子、袜子和裤子上都沾满了黑色煤灰。

展览馆里的巨响

两个男孩拼命大喊着求救,但煤块的撞击声盖过了他们的尖叫声。他们不得不撤退到墙边,远离越来越大的煤堆。

周遭恢复了安静。

卸煤口被盖上了,他们又身处一片寂静的黑暗中。

突然,他们听到了一个声音:"鲁道夫?约翰?你们在里面吗?"

是克拉拉!

"我们在这里!"两人大叫,跌跌撞撞地回到走廊。看到走廊那头的一丝亮光,他们长舒了一口气,跑了过去。

"你们在哪儿?"克拉拉的声音再度传来。

约翰和鲁道夫回到了入口附近,那扇木门已经被打开了。他们看到克拉拉正站在楼梯上,身后是灿烂的阳光。

"你们终于出来了！"当两个男孩从暗处走到克拉拉面前时，她松了口气。

"克拉拉！"约翰喘着粗气，"你怎么找到我们的？"

克拉拉是怎么知道鲁道夫和约翰肯定在地窖里的？

六
过分严苛的检查员

"哥哥,一百米开外都能闻到你身上的臭味儿了。"克拉拉指着庭院的地面开玩笑说,"你的狗屎脚印暴露了行踪。"

鲁道夫和约翰对视了一眼,尽管对破坏者再次逃脱感到愤恨,但他们还是不由得笑了起来,因为他们全身都被煤灰弄得黑乎乎的。

"兄弟,要是被我妈妈看到我这副样子,那麻烦就大了。"鲁道夫摇了摇头,抖落出一团黑雾,从他的头发和衣服上一直落到地面。在他的身旁,约翰正用一根棍子去刮鞋底上残留的狗屎。

展览馆里的巨响

"你们最好先在伊萨尔河里洗个澡。"克拉拉建议。

他们一起向河岸走去。一路上,两个男孩吸引了路人好奇的目光。

在伊萨尔河谷,他们找到了一个被灌木遮掩的地方。克拉拉转过身,男孩们跳进了河里。洗干净后,他们躺在草地上,在阳光下晾晒着自己。

"也许我们不是当侦探的料。"鲁道夫怅然若失地说,"这是破坏者第二次从我们眼皮子底下跑掉了。"

"他只是比我们快而已,"约翰说,"所以我们

要更机敏一些。"

"这话从你嘴里说出来可真不容易,"克拉拉的声音从灌木丛后面响起,"你总是说跑就跑,见狗屎就踩!"

"你一个女孩懂什么!"约翰愤怒地回嘴。鲁道夫知道,克拉拉的话击中了约翰的要害。

当他们到达展览馆时,四台发动机已经全部组装完毕了。工程师豪普特曼指挥着一群工人在这里拧紧一个螺丝,再在那里倒一点儿油。

孩子们走了过去,围观他们的工作。突然,一阵嘈杂的声音从门口传来。他们好奇地转过身,只见一名四十多岁的瘦高男子站在门口,几名工人正围着他吵吵嚷嚷。

工程师豪普特曼走到人群前。"安静!"他喊道,"出了什么事儿?"

展览馆里的巨响

一名工人指着瘦高男子说："这是市里的检查员,他想做安全检查。在他检查结束之前,我们无法工作。"

豪普特曼对检查员点了点头,问道："您能出示一下证件吗?"

检查员盯着豪普特曼看了片刻,似乎不敢相信自己的耳朵。过了一会儿,他的脸色缓和了一些,从外套口袋里掏出一张折叠的纸递给豪普特曼。

"请过目。"

豪普特曼接过纸,展开仔细查看了一番,又把它折起来递了回去。

检查员把证件放回口袋里："我必须检查一下这里是否遵守了所有的安全规定。尤其是投入使用的大型设备,对参观者来说它们总是存在风险的。"

豪普特曼摇摇头："我们的设备不会。如果有必要，我可以为您演示全部过程。"

"请吧。"检查员急不可耐地做了个手势，走到第一台发动机那里。鲁道夫、约翰和克拉拉紧随其后。

"请您给我演示一下吧。"检查员命令道。

豪普特曼向两名工人示意，让他们启动发动机。

一声震耳欲聋的巨响把检查员吓了一跳。发动机小幅震颤了一会儿，然后就停了下来。

检查员刚要张嘴，大厅又响起了轰隆声。发动机猛地一震颤，随即开始运转。

"这……"检查员紧张得几乎说不出话来，"这太离谱儿了！会闹出人命的！快关了这个破玩意儿！"

豪普特曼向工人做了个手势。发动机运转

了几圈后停了下来。

"真庆幸我还活着！这发动机看起来马上就要爆炸了！"

"不，不会的。"豪普特曼试图让他冷静下来，"这动静完全正常。"

"您居然觉得这正常？"检查员咆哮道，"这在我看来完全不正常！"他把手伸进公文包，拿出一个信封递给豪普特曼。

"我宣布，撤销您的设备参加展览会的许可。如有异议，请以书面形式向监管办公室反映。"

豪普特曼皱着眉打开了信封，拿出一份看起来很正式的文件。"停工令？"他说，"您在来之前就准备好了……"

展览馆里的巨响

"只是以备不时之需,"检查员边回答,边合上了公文包,"我之前就想到过……毕竟,关于狄塞尔先生的种种,我已经听得够多了。"

"可……"豪普特曼还想说什么,但检查员已经转身朝门口走去了。

所有人都站在那里,呆若木鸡。

"他一定和破坏者勾结了。"克拉拉低声说。她跑到门口,然后回头向鲁道夫和约翰使了个眼色。他们一起看着检查员的背影,又心照不宣地看了看彼此,点了点头,然后像听到口令一样跑开了。

过分严苛的检查员悠闲地穿过广场,走过大喷泉。他走上伊萨尔河上的桥,朝市内走去。鲁道夫、约翰和克拉拉小心翼翼地跟在他后面。他们不确定检查员刚刚在展览馆里是否注意到了他们,所以必须谨慎。

当他们到达岸边时,那里人流如织,车水马龙。走在熙熙攘攘的人群中,孩子们反而可以轻松跟踪检查员。

展览馆里的巨响

　　检查员目标明确地穿过街道，最后消失在一家咖啡馆里。

　　三名"追兵"小心地走到窗户旁边。玻璃反光很厉害，鲁道夫把手架在玻璃上，想看到点儿什么。

　　咖啡馆里人头攒动。穿着黑色连衣裙、系着白色围裙的女服务员在拥挤的桌子间来回穿梭，为客人们送上可口的蛋糕或者热气腾腾的茶与咖啡。

　　"你发现什么了吗？"约翰迫不及待地问。

　　"嘘。"鲁道夫挥手让他住嘴。他从左到右仔细地搜索着房间，终于在后面的角落里发现了目标。检查员的半边身子被一个蛋糕柜台挡住了，他的对面坐着一名男子，可惜那男子背对着窗户，鲁道夫看不到他的脸。

　　"他和同谋会合了。"鲁道夫转向朋友们，

"我看不到他的同谋是谁,他背对着窗户坐着。"

"我们中必须有一个人进去看看。"克拉拉下定决心,"就我去吧。如果有人问我,我可以说是去上厕所。三个人一起去太惹人注意了。"

"这……"约翰有点儿犹豫。

鲁道夫把手放在约翰胳膊上:"克拉拉说得对。她独自进去,我们在这里等她。"

男孩们透过窗户往里看。克拉拉刚迈进咖啡馆就被一名女服务员拦住了。克拉拉显然说了她内急,于是服务员让她进去了,还给她指了方向。

克拉拉走进厕所,三分钟后就出来了。她往外走时特意经过了检查员那桌。克拉拉在他身旁停下脚步,四处张望,好像在找人似的。然后,她疾步跑到门口,一步跃下三级台阶,来到人行道上。

展览馆里的巨响

"怎么样？"约翰急忙问。

他的妹妹脸上挂着一缕得意的笑容："我知道所谓的检查员是谁了！"

克拉拉是如何得知检查员的真实身份的？

七
发动机受损

"EC！"鲁道夫叫道，"那只能是埃米尔·卡皮庭了！"

"另外一个人是谁？坐在他对面的那个？"约翰问。

"我不认识，但肯定是他的同伙。"

他们以最快的速度跑回煤岛。工程师豪普特曼不见踪影，倒是狄塞尔先生和工程师胡贝尔站在其中一台发动机前比比画画。

"豪普特曼应该立即通知我的，"当孩子们跑过来时，狄塞尔先生正生气地说，"这下我们只能等到明天监管办公室开门了。他不知道咱

们时间紧迫,每一个小时都很宝贵吗?!"

"不必等。"鲁道夫吸了一口气,停顿片刻,说出了检查员的真实身份。

"卡皮庭!"狄塞尔先生叫道,"我没想到他会这么过分!"

"豪普特曼先生在哪里?"鲁道夫问。

"那个所谓的检查员走后,他就让大部分工人回家了。"工程师胡贝尔解释道,"之后,他说自己身体不舒服,就也消失了。真奇怪,您不觉得吗?"他的最后一句话显然是说给狄塞尔先生听的。

"我不知道奇怪不奇怪,"他叹了口气,"但我想豪普特曼肯定有他的理由。"

他转向三个孩子:"走吧,我们现在回家。我需要呼吸新鲜空气让头脑清醒一点儿。"他向工程师胡贝尔点点头,然后带着孩子们回家了。

展览馆里的巨响

第二天一早,吃过早饭,三个孩子就出发了。天空万里无云,阳光普照,显然这又会是炎热的一天。

鲁道夫、克拉拉和约翰带着沙滩包和野餐篮走进了展览馆。工人们很早就开始忙活了,现在正在工程师胡贝尔的指导下调试最后一台柴油发动机。

亲自督工的狄塞尔先生向孩子们招手:"过来,孩子们,我们启动最后一台。"

他们放下包和篮子,来到这台等待试运行的巨大机器前。

狄塞尔先生向其中一名工人示意。

与前一天的情况一样,这次也是先传来震耳欲聋的巨响,之后就没有动静了。第二次点火也不成功。三次点火后,狄塞尔先生让工人们先暂停。

"我们必须仔细检查一下。"他对胡贝尔说。

他们在机器前弯下身子,用扳手这里敲敲,那里敲敲。几分钟后他们起身,摇了摇头,一筹莫展。

鲁道夫和约翰跑到发动机的另一边,往机器所在的凹槽里看。

"快看那里!"鲁道夫突然激动地指着机器下方的一个黑点。为了看清楚,他们蹲下了身。

"一枚螺丝钉!"约翰喊。

展览馆里的巨响

"是一枚不完整的螺丝钉,"鲁道夫纠正他,"一枚断了的螺丝钉。爸爸,快过来!"

一分钟后,一名工人钻到发动机下开始检查。他出来的时候表情凝重。

"有人弄掉了密封圈。"工人说,"不是拧下来的,是硬生生扯下来的。"

"难怪发动机不运转。"狄塞尔皱起眉头发愁,"这下我们遇到了一个大难题。"

"为什么?"鲁道夫很不解,"我们不能换上一个新密封圈吗?"

"事情没那么简单。这种密封圈是特制的。我们虽然准备了很多备件,但唯独没有考虑到这一点。我马上就发电报给奥格斯堡,让人尽快送

一个新密封圈来。我得先走一步。"临走前,狄塞尔先生给工程师胡贝尔交代了一些事情。这时,三个孩子把脑袋凑到一起,合计起来。

"谁干的?"鲁道夫抓耳挠腮,"除了工作人员,没有人有展览馆的钥匙。"

"而且不可能在白天干。"约翰补充,"白天这里人太多了,搞破坏很容易被发现。"

"咦,豪普特曼先生呢?今天有人看到他吗?"克拉拉问。

男孩们东张西望,可是哪儿都看不到他的身影。

"你不会认为是他吧?"鲁道夫看向克拉拉的眼神里带着责备。

"他不在,这很可疑,而且就在展览即将开幕的时候。"约翰说。

"你们不会也相信了胡贝尔的话吧!"鲁道

展览馆里的巨响

夫喊道,"他只是想诋毁豪普特曼先生。"虽然说这话时,他自己也不太有把握。

与此同时,展览馆内的人们开始忙碌了。三个孩子决定到外面商量。

他们在主楼前的喷泉边坐下,思考下一步该怎么办。这时,一个身穿黑色长袍的熟悉身影出现在不远处。

"马克西姆!"克拉拉喊。男孩们抬起头,看到了那个把他们从吕德斯教授手中救出来的魔术师。

马克西姆走到喷泉边,笑着问:"今天过得怎么样?还在寻找破坏者?"

"我们?只是一群可怜的失败者,"鲁道夫表情沮丧,"并没有变聪明。"

"好吧,好吧,不要自怨自艾。"魔术师也坐在了喷泉边上,"你们还有我呢。"

三人同时抬头:"您?!"

马克西姆神秘地笑了:"我刚才看到了你们的工程师。他没在工作,而是在陪奇怪的人闲逛。"

"豪普特曼?您是说他吗?"克拉拉惊呼道。

魔术师耸了耸肩:"我不知道他的名字。反正个子高高、身材瘦削、一头金发,还戴着眼镜。"

"就是他,就是他!"约翰坐直了身体,"快告

展览馆里的巨响

诉我,他在哪里?"克拉拉和鲁道夫也蹦了起来。

"我在一家旅馆的后面看到了他。赌徒们常在那里碰面,大把地赢钱或大把地输钱。那是个非常危险的圈子。"

"豪普特曼先生,一个赌徒?"鲁道夫难以置信地摇摇头,"这可非同小可。"

"也许这就是他成为破坏者的原因。"约翰猜测,"他需要钱才能去豪赌。如果有人付钱给他,让他破坏发动机……"

"我们为什么不去问问他呢?"克拉拉开口。

男孩们惊讶地看着她。马克西姆却咧嘴一笑:"小家伙说得对。有时直来直去就是最简单的解决方案。"

克拉拉对着魔术师翻了个白眼。他居然说她是小家伙,他在想什么呢?可魔术师赞同她的提议,这让她有点儿得意。

短暂的"作战会议"后,男孩们也同意了直接与豪普特曼先生对质的做法。

马克西姆带他们钻进慕尼黑老城的小街道,来到那家旅馆门口。孩子们在外面等,马克西姆进去请工程师。几分钟后,豪普特曼先生走了出来,马克西姆在后面轻轻推了他一把。

展览馆里的巨响

"是你们?"当看到鲁道夫、约翰和克拉拉时,豪普特曼先生惊讶不已。他脸色苍白,头发凌乱,似乎连续好几个晚上都没有合眼。

约翰向前迈了一步,严肃地问:"我们很想知道您在这里做什么。"

"这个……我没法儿向你们解释。"豪普特曼先生闪烁其词。

"您在赌博吗?"克拉拉开门见山地问。

"不是……噢,是的……但不是你们想的那样……"

"那是什么样?"约翰追问,"您和柴油发动机的破坏行动有关吗?"

豪普特曼先生惊恐地看着他们:"不,当然不!你们怎么会这么想?!"

"那就向我们解释一下,这一切到底是怎么回事。"鲁道夫也开始发问,但没有得到任何答

复,因为豪普特曼先生突然转身跑了。

　　四人面面相觑。"要我把他追回来吗?"马克西姆问。

　　"不用了,让他去吧,先这样吧。"鲁道夫回答,"他无意间给我们留下了一条线索。"

鲁道夫口中的"线索"是什么?

八
夜间值勤员

"医院和搞破坏或赌博有什么关联?"当鲁道夫将线索告诉大家后,克拉拉皱眉问。

"我也不清楚,"鲁道夫回答,"但我们一定会找出来的。反正直到现在,我都不觉得豪普特曼先生参与了破坏活动,因为当我们怀疑他的时候,他很震惊!"

克拉拉来回摇头,提出异议:"如果他真是无辜的,为什么拔腿就跑?"

"没错。"约翰同意他妹妹的看法,"也许我们应该去医院看看。你们觉得呢?"

鲁道夫和克拉拉点点头。于是,三人向魔术

师告别。

"现在怎么办?"当他们一行人站在伊萨尔河左岸医院大门前时,约翰问。

鲁道夫没有说话。毕竟,他看到的只是医院的名字。至于豪普特曼先生与这里有什么关系,仍然是个谜。

又一次短暂的"作战会议"后,他们决定直接去接待处询问一下豪普特曼先生的情况。

一位穿制服、蓄胡子的男人坐在接待台后面。他板着面孔看着三位小来访者:"如果可以的话,我想问问你们想要干什么。"

"我们想探望一个人。"约翰果断回答。

"这样啊……探望谁?"

"豪普特曼先生。"

"哪个科室?"

展览馆里的巨响

"这……"约翰一时语塞。

"疾病科!"克拉拉在两个男孩身后喊。

接待员看了他们片刻,然后整个身体开始抖动,先是一点点,然后抖动得越来越厉害。终于,他放声大笑,边笑边捂住自己的大肚子。

"疾病科!"他上气不接下气地说,"很好!我从来没有听过这个科。"他很快止住笑,又板起了面孔。"我想你们很快就会去'外面科'了。"他抬起手臂指了指门口,"要不要我送你们去?"

孩子们不敢有片刻的迟疑,迅速退到了门口。

"我们还是没有

变聪明。"克拉拉叹了口气。

"如果我们告诉父亲,"鲁道夫安慰她,"我敢打赌,他毫不费力就能获得更多信息。"

此时已是正午,骄阳似火。鉴于他们一上午已经进行了多项调查活动,三人决定去展览馆拿泳衣和野餐篮,向伊萨尔河谷进发。

他们在那里待了好几个小时,这是近几天来最惬意的一段时光,第一次把跟柴油发动机相关的种种古怪问题抛诸脑后。

回到展览馆,他们发现一切都在按部就班地进行着。破坏者似乎已经放弃了。

"我不相信和平会来得这么容易。"鲁道夫说,"展览将在两天后开幕。我猜他们在今晚或明晚会有所行动。我们必须行动起来。"他把手伸进口袋,掏出一把钥匙。

"这不是……"约翰开口说。

展览馆里的巨响

"是的,就是展览馆的钥匙。"鲁道夫把钥匙放回口袋,"我们今晚必须蹲守在展览馆里,抓住破坏者。"

"爸爸妈妈不会允许的。"克拉拉插话。

"没错。"约翰一脸沮丧。

"你们以为我爸爸会同意吗?"鲁道夫神秘地笑了笑,"当然不会,我们得使点儿小伎俩。"

"有什么办法?"克拉拉茫然地看着鲁道夫。

"不告诉你,反正我和约翰能出来!"鲁道夫得意地看着克拉拉。

"那我呢?"克拉拉一点儿都开心不起来,"我该怎么办呢?"

"嗯,这个,"鲁道夫清了清嗓子,"很遗憾,你不能前往。叔叔阿姨不会让你晚上出来的。"

"可恶!"克拉拉跺着脚,生气地说。

"接受这个现实吧,克拉拉。"约翰调侃着。

"咱们走着瞧!"

克拉拉把沙滩包甩到背上,大踏步地离开了。

傍晚,鲁道夫轻轻关上了房间门。他肩膀上挎着一个皮包,心中有些莫名的兴奋。他知道欺骗父母不对,但他努力说服自己:这是为了保护柴油发动机,也是为了维护父亲的利益,事后再

展览馆里的巨响

向父母坦白一切,承认错误吧。

他走进客厅,与母亲道别。父亲和工程师胡贝尔正在研究发动机的技术问题。

从前门出去后,鲁道夫在第一个街角拐了弯。约翰已经在下一个路口等他了。两人相视一笑,开始了夜间冒险。

在这个气温舒适的傍晚,街道上人来人往,大家悠闲地散着步,或去伊萨尔河,或去啤酒花园。两个男孩快走到通往煤岛的桥上时,身后传来了急促的脚步声。还没等他们转身,克拉拉就冲到了他们身边。她肩上也背着包,跑得气喘吁吁的。

"你怎么出来的?"约翰惊叹不已。

克拉拉咧嘴大笑:"可不能小瞧女孩。你们男孩能做的事,我也能。"

"你是怎么做到的?"鲁道夫很好奇。

"不告诉你!"克拉拉也卖了个关子。

他们一起前行。

经历了一天的喧嚣后,暮色中的煤岛逐渐归于平静。他们没有直接去展览馆,而是决定在灌木丛后面等到天完全黑下来。

三人放下包,在温暖的草地上坐下。在这里,他们既可以隐蔽自己,又能清楚地看到喷泉广场。克拉拉从包里拿出几个纸包递给鲁道夫

展览馆里的巨响

和约翰:"来,我给大家带了吃的。"

男孩们一听立即挪了过来。

"有你在真是太好了。"约翰说,他的嘴里塞得满满当当的。之后,他们就开始专注地吃东西了。

等到夜幕完全笼罩大地时,他们才匆匆赶往展览馆。鲁道夫小心翼翼地把钥匙插进锁孔,转动了一下。门开了,虽然声响很轻微,但在寂静的夜晚听起来却像大炮的隆隆声一样响。他们在皎洁的月光下四处张望,似乎

没有人注意到他们。于是，三人一个接一个地挤过狭窄的门缝，又轻轻关上了门。

"好了，"约翰压低嗓门儿说，"希望没人听到。"

可他话音未落，门外碎石路上就传来一阵脚步声。三人立刻紧贴在门边的墙上。

"啊，不好！"鲁道夫轻呼道，"我忘拔钥匙了。"

脚步声在门前停下来。

"怎么回事？"他们听到一个男人的声音。接着，门把手缓缓向下转动，门开了。三人蹲在门后，屏住呼吸。克拉拉闭上了眼睛，担心自己随时会被发现，那回家就要面对大麻烦了。

一位穿制服的男人走进房间，右手拿着一盏提灯。他抬起手臂，让灯光照亮了整个房间。幸好他没有回头看。

展览馆里的巨响

"钥匙都能忘了拔,"他嘟囔道,随手关上了门。三人听见钥匙在锁孔里转了转,然后脚步声远去了。

三人又纹丝不动地等了一会儿。最后,约翰长吁了一口气:"应该差不多了。"说完,他便重新站了起来。

克拉拉走到门口,小心地转动把手:"糟糕,我们被反锁在里面了。"

"可恶。"约翰咒骂道。鲁道夫耸了耸肩:"反正我们迟早能离开这里。现在得找个地方先躲起来。"

此时,他们的眼睛已经适应了昏暗的环境,可以大致辨认出发动机的轮廓了。

突然,克拉拉惊呼:"我想,有人抢先一步了!"

克拉拉为什么这样说？

九
绑架

他们迅速跑到蜡烛旁,鲁道夫伸手摸了摸。

"烛泪还没有凝固。"他低声说。三人都愣住了。那只能说明一件事情:除了他们,展览馆里还有其他人。他们惊恐地在黑暗中搜寻。

"现在怎么办?"约翰低声问。

"我们可以大声尖叫,"克拉拉建议,"也许值勤员听到声音会折返。"

鲁道夫摇摇头:"在外面听不到我们的尖叫声。"

"没错,"一个声音传来,"在这里你们尽管尖叫,但毫无用处。"问讯台后面"升"起一个黑

色的身影。

"快,散开!"鲁道夫喊,"他没法儿同时抓住我们三个!"

大家各自逃开。克拉拉躲进入口旁边的阴影里,约翰和鲁道夫躲在不同的发动机后面。

黑影从问讯台后面走出来,没几步就到了孩子们刚才站立的地方。他划亮了一根火柴。几秒钟后,鲁道夫和约翰在摇曳的烛光中看到了他的脸——是他们在啤酒花园见过的那个破坏者!

男子点亮蜡烛:"你们自找的,一帮自以为是的小家伙。"烛光的映照下,他的脸色异常诡异:"这么长时间来,你们一直在管闲事,现在该付出代价了。"

"让我们走吧!"约翰从藏身处喊道,"反正您也抓不住我们三个。"

"是吗?我不能吗?"一抹邪恶的笑容在男

展览馆里的巨响

子脸上浮现。他快步朝门口走了几步,伸手抓住了克拉拉。

"放开我!"克拉拉大喊,对男子又抓又踢,但男子压根儿没把她的挣扎放在眼里。

"我只要抓到你们的朋友就够了。如果你们不按照我说的去做……"

这时,外面有人把钥匙插进锁孔,孩子们心中燃起了希望。门缓缓打开,约翰和鲁道夫小心翼翼地从发动机后面走出来。

"救命!"他们喊,"救命!"

破坏者没有闪躲。他静静地站着,手里拿着蜡烛。

借着蜡烛的微光,孩子们认出了来人,是工程师胡贝尔。

胡贝尔关上身后的门,打量着眼前这番景象。男子和孩子们的出现似乎并没有让他感到

惊讶。

"胡贝尔先生!"鲁道夫喊着跑向他,"那个人,就是破坏马车的人。现在他想损坏发动机!"

工程师胡贝尔看着仍抓着克拉拉手臂的破坏者,摇了摇头:"让三个孩子逮到了?你可真

展览馆里的巨响

蠢。"他用手捋着自己的黑发。

破坏者抱歉地耸了耸肩:"谁会料到这帮乳臭未干的小破孩今晚会出现在这里!"

鲁道夫惊愕地看着这两个人。破坏者如此冷静?他心中生出一个可怕的怀疑:难道工程师胡贝尔……

胡贝尔接下来的话印证了他的猜测。

"我们应该看看,如何不留痕迹地摆脱他们。我们带上这个女孩,至少这样能让那两个臭小子不烦扰我们。"

"您和他是一伙儿的?"鲁道夫分明已经清晰地听到了他们刚才的对话,但还是不敢相信,"您坐在我爸爸身旁,心里却在琢磨怎么害他?"

工程师胡贝尔冷漠地看了鲁道夫一眼:"你懂什么!对你来说,你爸爸是伟大的英雄,但我眼里的他是另一副面孔。这些发动机是他的作

品，同样也是我的作品！你父亲提出了设计理念，但如果没有我，他的发动机永远也转不起来！"

"你撒谎！"鲁道夫怒不可遏地冲向胡贝尔，想挥拳打他，然而，胡贝尔粗暴地将他推到了一边。"小子，说话小心点儿！不然别怪我们不客气！你们已经给我们带来够多的麻烦了！"他转向同谋，"我们走吧！"

克拉拉又开始挣扎反抗，但破坏者将蜡烛递给了胡贝尔，然后毫不犹豫地把她夹在一只胳膊下，用另一只手捂住了她的嘴。

展览馆里的巨响

"如果你们还想见到你们的朋友,在明天早上之前,待在这里不要动!"胡贝尔警告两个男孩。他打开门,随即吹灭了蜡烛,把它扔到鲁道夫脚下,和那名男子以及还在挣扎的克拉拉一起消失在门外,之后他们就听到钥匙在锁孔里转动的声音。

"现在麻烦大了。"约翰紧张地咬着下唇。

"如果我们保持安静,他们应该不会伤害克拉拉。"鲁道夫试图让朋友镇静下来。此情此景,他们束手无策,只能等明天早上工人们来了。

两个沮丧的男孩瘫倒在地上。大约过了几分钟,他们听到了金属碰撞声。下一秒,门开了。黑暗中响起一个熟悉的声音:"喂,有人吗?"

是魔术师!约翰和鲁道夫跳了起来,情绪激动地向他报告了刚刚发生的事情。

"我们看看还能不能抓到那些家伙。"马克

西姆说着,把两个男孩推到门口,"路德维希桥边有一个马车站,破坏者们可能逃到了那里。胳膊下夹着一个扭来扭去、不断尖叫的女孩,他们无法顺利穿过小镇,但如果坐马车就方便多了!"

当他们步履匆匆地穿过煤岛时,鲁道夫问马克西姆为什么会出现在展览馆。

"我可是魔术师,记得吗?"他笑着说,"我

展览馆里的巨响

早就从你们那里了解了大致情况。所以,当我发现展览馆里有微光闪烁时,心里就明白了八九分。我觉得我应该来看一下。"

"你是怎么开门的?"约翰喘着粗气问。

"一个擅长摆脱手铐和绳索束缚的魔术师会被一个简单的锁难住吗?"马克西姆说。

"万能钥匙?"鲁道夫还想追根究底,但魔术师没有回答。他们一行人来到了马车站。

"在这儿等着。"马克西姆说完,走到其中一名车夫跟前,问了一个问题。车夫摇了摇头。

魔术师回到男孩们身边:"他说没有看到两名男子和一个女孩,但看到了一个走得很快的人。那人穿着一件深棕色外套,长着黑色头发,想去中央火车站。"

"胡贝尔!"鲁道夫喊道。

"是呀,可是他把克拉拉和他的同伙丢到哪

里去了?"约翰焦急地问。

"这……"马克西姆挠了挠头,"显然他们不想带着被挟持的女孩一起走,哪怕是坐马车。"他推测道,"这意味着……"

"……胡贝尔的同伙可能把克拉拉藏在了煤岛上的某个地方。"鲁道夫接腔。

"那我回煤岛找她。"约翰斩钉截铁地说道,"你们去跟踪胡贝尔。"

鲁道夫不想把朋友独自留下,但马克西姆支持约翰的建议。"小心点儿,别让他抓到你。"他的眼神里满是关切,然后拉着鲁道夫走向刚刚交谈过的车夫。

展览馆里的巨响

"我们需要你的帮助,海因里希。"他和车夫似乎很熟络,"我们需要追上刚才你说的那位乘客,就是那个想去中央火车站的人。"说完这句话,他把鲁道夫推上车,随即自己也跳了上去。车夫没有一丝犹豫,轻轻拉动了缰绳。马儿开始轻快地小跑,没过多久,马车就变成了一个深色的小点。

约翰以最快速度赶回展览馆。他看了看周围,这里有几条小路。

你能帮约翰找出正确的路吗？

十 好 险

约翰挠挠头，静下心来思考着。破坏者当然会避开宽阔的道路，以免遇到守夜人。在右侧的小路上，他看到了被踩坏的花朵。这一定就是破坏者走过的地方！

约翰很快来到了水滑梯所在的木塔旁。他竖着耳朵，却什么都听不见。在皎洁的月光下，他猫着腰、蹑手蹑脚地走到木塔的门前。突然，一声尖叫划破夜空。约翰吓得愣住了。几秒钟后，他开始不住地摇头。现在，猫头鹰的叫声都能让他心惊胆战，这让他很懊恼。木塔的门半掩着，在夜风中微微晃动。他小心翼翼地拉开门。

破坏者是把克拉拉带到这里了吗?

　　木塔内一片漆黑。约翰腿脚发软,摸索着爬上木台阶,尽可能轻手轻脚的。每一次轻柔的吱吱声都让他一哆嗦。可等他停下来仔细听时,四周又寂静无声了。

　　要是鲁道夫、马克西姆和他在一起就好了。独自一人爬黑暗的木塔,这让他比以往任何时候都胆怯。

　　载有马克西姆和鲁道夫的马车以惊人的速度在鹅卵石路面上隆隆前行。他们刚转进索南大街,车夫就伸手扬鞭大嚷起来:"那里,看!"

　　两名乘客朝他指的方向看去,那里有一辆马车停在路灯下。车夫在一旁修理着一个前轮。车厢里有一名乘客,正激动地和车夫说着什么。

　　"车出故障了!"马克西姆喊道,"现在我们

展览馆里的巨响

能追上他了!"

在抛锚的那辆马车旁,车夫海因里希也停好了车。里面的确是工程师胡贝尔,但等他认出鲁道夫时已经太迟了。马克西姆已经跳到了这一辆马车上,一把抓住了工程师胡贝尔的胳膊。随后他们扭打在一起。尽管魔术师看上去没有胡贝尔强壮,但他赢得了胜利。他从后面紧紧抱住了胡贝尔,车夫海因里希则拿着一条皮绳走了过来,和鲁道夫合力将胡贝尔绑了起来。

拉载工程师胡贝尔的车夫目瞪口呆。马克西姆和海因里希一起连比带画地向他解释胡贝尔做了什么。

"我们必须回去支援约翰。"鲁道夫催促道。马克西姆与两名车夫进行了简短交谈,他们决定让胡贝尔的车夫把胡贝尔送到最近的警察局。马克西姆和鲁道夫回到马车中,海因里希驾车带他们赶回煤岛。

在攀爬了看似无穷无尽的台阶后,约翰到达了木塔顶部。敞开的门后面,有一个平台,不久后,滑车会从这里出发,不过现在它是空的。或者不是?约翰眯起眼睛,只见那里放着一个黑色包裹。突然,包裹动了起来!约翰惊得连忙用手捂住嘴。破坏者把一个人扔在了这里,这个人应该就是克拉拉!

展览馆里的巨响

"克拉拉!"约翰毫不犹豫地冲过去,迅速弯腰想取下她的堵嘴布。克拉拉睁大眼睛摇摇头,发出含糊不清的声音。她想对他说些什么吗?约翰转过头,只见一个硕大的身影向他扑过来。是那个破坏者!他一直躲在门后,等着追他的人主动上钩!

约翰敏捷地躲到一边。那人意外地扑了个空,随即被躺着的克拉拉绊倒。他失去了平衡,踉跄了一下。约翰赶紧跳起来推了他一把,让他彻底失去了平衡。他疯狂挥动着双臂,从平台边缘跌落到滑梯上。一声惨叫中,他滚了下去,"啪"的一声落进了水里。

约翰没去管他。他给克拉拉松了绑,扯下堵嘴布,紧紧地拥抱着妹妹。

突然,黑暗中响起鲁道夫的声音:"约翰?克拉拉?一切还好吗?"

兄妹俩小心翼翼地靠在木塔的栏杆上。夜色中,他们可以看到塔下的鲁道夫。

"放心吧,一切安好,"约翰回答,"只是破坏者逃脱了。"

"马克西姆会解决的!下来吧!"

展览馆里的巨响

当约翰和克拉拉走出木塔的时候,其他人都在下面了。鲁道夫旁边站着马克西姆和车夫海因里希——两人虽然浑身湿透,但明显是兴高采烈的。在他们之间蹲着的是从伊萨尔河里拽出来的破坏者——一个被五花大绑、身上湿漉漉的可怜虫。

鲁道夫拥抱了朋友们:"很高兴能再见到你们!"

约翰附和说:"没错!只是,不知道当我们向父母坦白一切的时候,还能不能这么轻松。"他指着喷泉广场,那里有几个提着灯的警察正向这边赶来。

第二届发动机与工业机械展览会盛大开幕的日子到了。当天早上,在发动机展览馆的大门向众多游客敞开之前,狄塞尔家族的亲朋好友已

齐聚一堂。

孩子们和父母一样,穿着最隆重的礼服。唯一感到不自在的人是马克西姆。他今天穿的是西服,而不是魔术师斗篷。他身边站着车夫海因里希,海因里希为这个场合特意戴上他最好的礼帽。在房间的一个角落,有人看到工程师豪普特曼正与一名工人交谈。

带有大飞轮的柴油发动机已经被擦拭一新,在清晨的朝阳下熠熠闪光,其中一个已经发出了轻微的突突声。狄塞尔先生踏上一张小凳子,清了清嗓子,以盖过展厅里的声音。闲谈声立即停了下来,所有目光都齐刷刷地转向了他。

"我亲爱的朋友们,"他开始说,"我们今天能站在这里,向世界展示第一台运转良好的柴油发动机,有几个人功不可没。他们是我的儿子鲁道夫和他的朋友克拉拉·加特纳、约翰·加特纳,

展览馆里的巨响

艺术家马克西姆·劳塞克和车夫海因里希·贝克勒。"

狄塞尔先生示意他们站到前面来。大家的脸都红了。当鲁道夫听到魔术师被冠以"艺术家"一词时,他咧嘴笑了。

"此外,我想特别感谢我忠实的同事——工程师奥托·豪普特曼,如果没有他的积极配合,这些发动机就不会像今天展示的这样完备。"

每个人都热烈鼓掌,工程师豪普特曼害羞地鞠了一躬。

昨日,狄塞尔先生亲自到伊萨尔河左岸医院打听过,发现豪普特曼太太正在那里接受治疗。她病得很重,急需去更好的医院就医,可丈夫的薪水还不够。迫于无奈,工程师豪普特曼开始赌博,希望自己能筹到必要的钱款。狄塞尔先生获悉后,立即给工程师预付了工资。今天,豪普特

曼太太就能转院了,工程师的脸上洋溢着很久以来都没有过的快乐和轻松。

"现在说的够多了,"狄塞尔先生结束了演讲,"这些柴油发动机将开启新时代!请参观者入场吧!"现场掌声雷动。

工程师豪普特曼和一些工人将剩下的三台发动机也发动起来。接着,展览馆的大门被打开,等候在外的人群如潮水般涌了进来。其中,鲁道夫发现了一张熟悉的面孔。

他用手肘轻推约翰:"瞧一瞧,你认识他吗?"

"吕德斯教授。"克拉拉低声说。

"都是骗人的伎俩!"吕德斯教授红着脸骂道,但没人理会他。孩子们嘲讽地对着他笑,他气急败坏地跺了跺脚,愤然离去,耳边是参观者对柴油发动机一阵比一阵高的欢呼声。

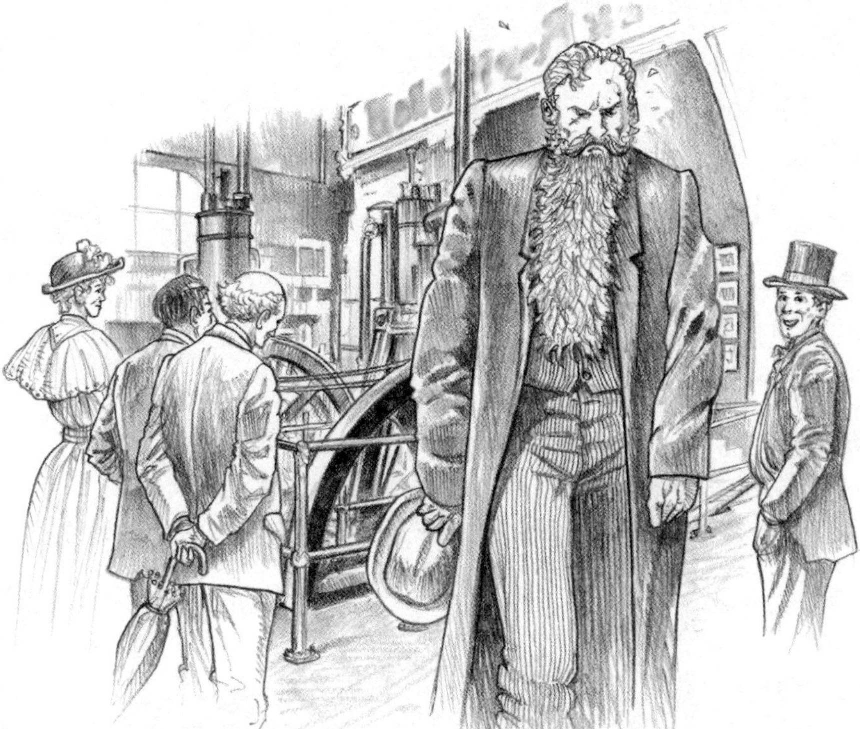

答案

一 / 破坏者

一块带纽扣的毛呢碎片卡在车轴与车轮之间。

二 / 跟上他

窗户的一个插销空挂着。

三 / 在煤岛上

对于一个普通的卖明信片的小贩来说,这名男子穿得太考究了。

四 一封匿名信

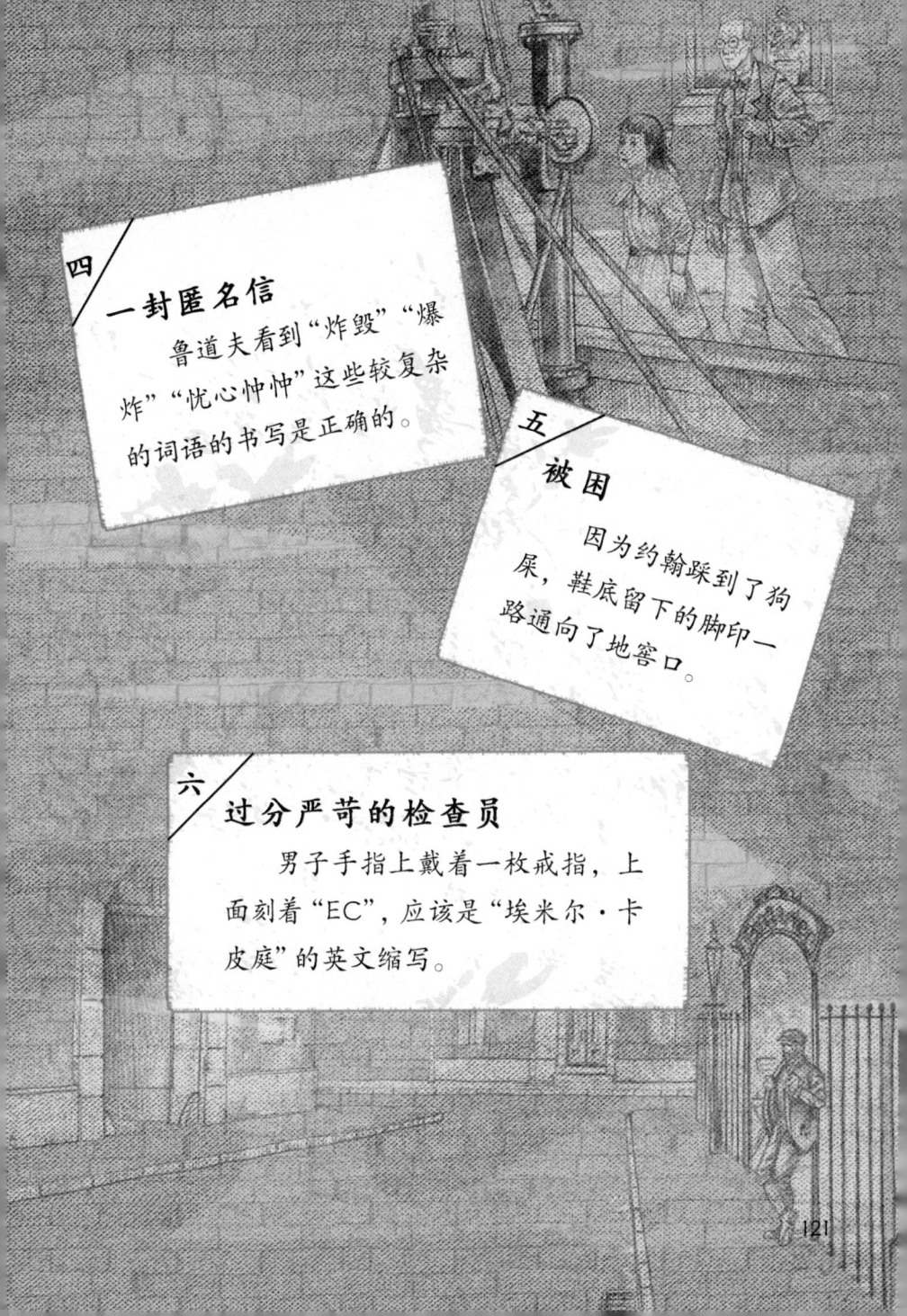

鲁道夫看到"炸毁""爆炸""忧心忡忡"这些较复杂的词语的书写是正确的。

五 被困

因为约翰踩到了狗屎，鞋底留下的脚印一路通向了地窖口。

六 过分严苛的检查员

男子手指上戴着一枚戒指，上面刻着"EC"，应该是"埃米尔·卡皮庭"的英文缩写。

七 / 发动机受损

一张纸从工程师豪普特曼的外套口袋里露出来,抬头写着"伊萨尔河左岸医院"的字样。

八 / 夜间值勤员

克拉拉看到其中一台发动机上有一根刚熄灭的蜡烛。

九 / 绑架

在向右分支的小路边缘,有人踩踏了花朵。

鲁道夫·狄塞尔生平大事年表

1858 年　鲁道夫·狄塞尔出生于巴黎。
1870 年　普法战争爆发,狄塞尔一家搬到英国伦敦。
1875 年　狄塞尔进入慕尼黑工业大学攻读机械制造专业。
1877 年　父母搬到慕尼黑,狄塞尔和他们同住。
1878 年　狄塞尔的第一部科学著作付梓。
1879 年　狄塞尔以慕尼黑工业大学建校以来最优异的成绩通过了毕业考试。他以实习生身份加入了巴黎的林德制冰机工厂。
1881 年　狄塞尔成为林德制冰机工厂的主管。同年,他申请了自己的第一项专利。
1883 年　狄塞尔与玛塔·伯特结婚。

1884 年 儿子鲁道夫出生。
1885 年 女儿海蒂出生。
1889 年 儿子欧根出生。
1890 年 狄塞尔和家人搬到柏林,为林德工作。
1892 年 狄塞尔获得了内燃机专利。
1893 年—1897 年 狄塞尔不断改善发动机的性能。
1898 年 狄塞尔在慕尼黑举行的第二届发动机与工业机械展览会上展示了他的柴油发动机。
1900 年 柴油发动机在巴黎世界博览会上赢得大奖。
1908 年 狄塞尔制造出小型柴油发动机、柴油卡车和内燃机车。
1913 年 鲁道夫·狄塞尔在英吉利海峡溺水身亡。

鲁道夫·狄塞尔和他的发明

认识狄塞尔

1858年3月18日，狄塞尔在巴黎出生。父亲西奥多在一家小企业中生产皮革制品。

普法战争爆发后，父母逃往伦敦。鲁道夫被送到在奥格斯堡的姑姑家，姑父是数学教授克里斯托夫·巴尼克尔。

鲁道夫在奥格斯堡上高中和工业学校，然后在慕尼黑工业大学就读，成为一名工程师。完成学业后，他返回巴黎并进入林德制冰机工厂的法国分公司。他是优秀的研究人员和发明家，他拥有的多项冰激凌制造工艺专利充分证明了这一点。与此同时，他萌发了关于新型发动机的创意。

1890年，狄塞尔从巴黎搬到柏林，并于1892年2月27日为他的发动机提交了第一项专利申请。

接下来，狄塞尔寻找能够资助他制造发动机的投资商。他找到了奥格斯堡机械厂和克鲁伯公司。后来，狄塞尔搬到了奥格斯堡并在那里继续研发发动机。

1895年11月，第一台柴油发动机成功运行。当最后一个技术问题被解决后，柴油发动机渐渐普及开来。1908年,第一辆内燃机车和第一辆装有小型柴油发动机的卡车制造完成。1912年,第一艘配备柴油发动机的远洋邮轮下水航行。

狄塞尔的生活

鲁道夫·狄塞尔结婚后，与妻子玛塔育有三个孩子。他的长子和他同名，也叫鲁道夫，生于1884年；女儿海蒂生于1885年；最小的儿子欧根生于1889年。

狄塞尔发家很早，所以一家人的生活衣食无忧。不过，家道还是起起落落的。狄塞尔毫不掩饰他想腰缠万贯，做百万富翁的梦想，也曾一度得偿所愿。但这位才华横溢的发明家并没有做生意的天分，在去世前不久，他甚至不得不变卖在慕尼黑的别墅来偿还债务。

狄塞尔从未间断过自己的研究工作。他不仅研发发动机，还反复制订如何改善全人类命运的宏伟计划，其中许多想法远远超出其能力。最终，他精神崩溃，住进了疗养院。

1913年9月29日，狄塞尔踏上了前往英国的旅程。在英吉利海峡，他不幸溺水身亡。直到今天，人们尚不清楚他的死亡究竟是一场意外，还是他人有意谋害。

第二届发动机与工业机械展览会

1898年夏天,第二届发动机与工业机械展览会上首次展出狄塞尔的伟大发明——柴油发动机。这次展览会还展出了织布机、牛奶离心机、印刷机、车床、圆锯等工业机械以及蒸汽机、汽油发动机和石油发动机等动力机械。

展览会用于招揽游客的主要景点是大型水滑梯。游客可以乘坐木制滑车滑入伊萨尔河。然后,工作人员使用动力机械将木制滑车拉上去。

展览馆位于伊萨尔河中的煤岛上。这座小岛从中世纪开始就被人们用来储存煤炭和木材,因而得名。该岛后来被改建为休闲和展览区。展览馆在一座老旧的军营旁边,排成一排。时至今日,德国自然科学与技术博物馆仍坐落于这座岛上,这也是煤岛被称为博物馆岛的原因。

1898年,来自不同工厂的柴油发动机在煤岛的展览馆展出。每台柴油发动机都有一个气缸,驱动着大型飞轮。这些发动机还操控水泵,将水从展览馆中抽出,喷射到伊萨尔河中。

每天早上，工人们启动冷却后的柴油发动机时都会面临一个问题：由于没有喷油嘴，柴油发动机总是猛烈抖动。后来，工人们想到一个办法，他们提前启动柴油发动机，让其预热，并在观众进来之前将它们关闭。之后，它们就可以在公众面前表演完美的开机了——大多数情况下这招儿奏效。不过，路德维希亲王来访时，柴油发动机却怎么都不肯工作。亲王神情自若地调侃说："这座展览馆让我印象最深刻的就是它拥有让人舒适的宁静。"

　　并非每个人都欢迎柴油发动机。柴油发动机也有"敌人"，比如埃米尔·卡皮庭。他是一名工程师，也参与了新发动机的研发。他申请了多项专利，包括改进石油发动机性能的燃油喷射器装置。这些都与柴油发动机有一定关系。

1897年，卡皮庭对狄塞尔的专利提起诉讼，声称他早已研究出柴油发动机的基本原理。然而，他的诉讼被驳回了。尽管如此，他还是多次公开抨击狄塞尔的专利。如今，在德意志博物馆，埃米尔·卡皮庭也被尊为柴油发动机的先驱之一，因为人们逐渐认识到他的立场也并非完全站不住脚。

狄塞尔的另一个对手是大学教授约翰·吕德斯。吕德斯教授从狄塞尔申请第一个专利开始就关注到了柴油发动机，并于1913年出版了著作《柴油神话》。吕德斯教授在其中写道，狄塞尔实际制造出的柴油发动机与其在专利中陈述的原理无关，以专利为依据不可能制造出能运转的柴油发动机。

正如研究人员后来发现的那样，吕德斯的控诉也并非完全错误。在获得第一项柴油发动机专利后不久，狄塞尔本人提交了另一项专利以纠正第一项专利中的错误陈述。

吕德斯教授确实在1898年参观了柴油发动机展览馆，但事实上并没有试图破坏柴油发动机。作者虚构了这部分内容和胡贝尔、豪普特曼两位工程师。不过吕德斯教授的确在看到柴油发动机后大声咆哮，这是真的。

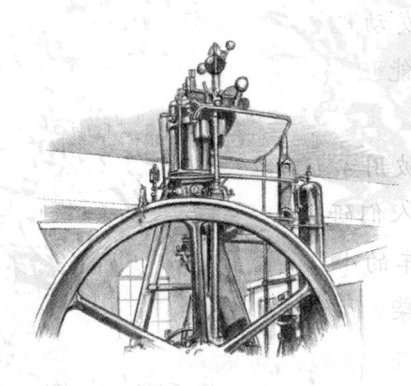

柴油发动机

　　与汽油发动机一样，柴油发动机也是一种"爆炸发动机"。空气和燃料的混合物在气缸中被引爆然后驱动活塞，活塞又会使连接的轴动起来。通过这种方式，爆炸产生的能量被传递到车轮或其他驱动器上。

　　柴油发动机的特别之处在于它不需要点火系统。空气在剧烈压缩下变热，因此当柴油被喷射到活塞中时，热空气的温度足以点燃柴油。

　　柴油发动机比汽油发动机或蒸汽机效率更高。它需要的能量少，但比其他发动机重。出于这个原因，它最初仅被用于驱动工业机械。后来，人们研发出适用于船舶和卡车的小型柴油发动机。于是，柴油发动机终于取代了能耗高、体积大的老式蒸汽机，开启了了不起的全胜局面。慢慢地，许多轿车也安上了柴油发动机。

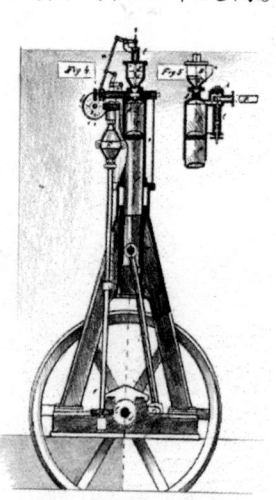

趣味小实验

蒸汽动力鸡蛋船

这个小实验展示了蒸汽的力量。因为实验比较复杂且蒸汽温度较高,所以你最好和父母一起完成。

你需要:
一块扁平的泡沫塑料板
一把锋利的刀
一枚生鸡蛋
一根针
四枚中等大小的钉子(6~8厘米)
一支10毫升的注射器
一块茶蜡
一卷结实的胶带
一个大盆、水槽或浴缸

用针将鸡蛋的两端刺破。大头一端的孔可以更大一些(直径2~3毫米),小头一端的孔尽可能小一些。然后,通过较大的孔将蛋黄和蛋清倒出来。

在泡沫塑料板上剪出船形。将茶蜡放在船上面。

将四枚钉子插入泡沫塑料船中，保证蛋壳可以相对稳定地架在钉子上方。蛋壳底部和茶蜡之间留2厘米左右的距离。

现在，使用注射器将4毫升水注入蛋壳中，然后用胶带封住蛋壳上较大的孔。

之后，将蛋壳放在钉子上，点燃下面的茶蜡。

小心地将装有燃烧的茶蜡的船放在一个盛水的大盆、水槽或浴缸中。几分钟后，一股蒸汽会从蛋壳的小孔里喷出来。小船在蒸汽的推动下开始移动。

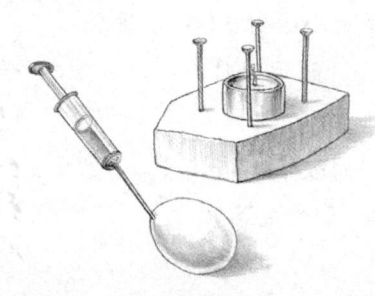

原理：蒸汽比水需要更多空间。蛋壳中的水变成蒸汽后，由于蛋壳太小，无法容纳全部蒸汽，所以蒸汽必须从蛋壳上的小孔中喷出，这一过程产生向后的推力。推力又会产生反作用力。因此，在我们眼中，蒸汽会从小孔中冲出蛋壳，船则会向反方向移动。

注意！
蛋壳和喷射出来的蒸汽非常烫！实验过程中，请勿靠近移动的船！
为了安全起见，请准备一桶水用于灭火。

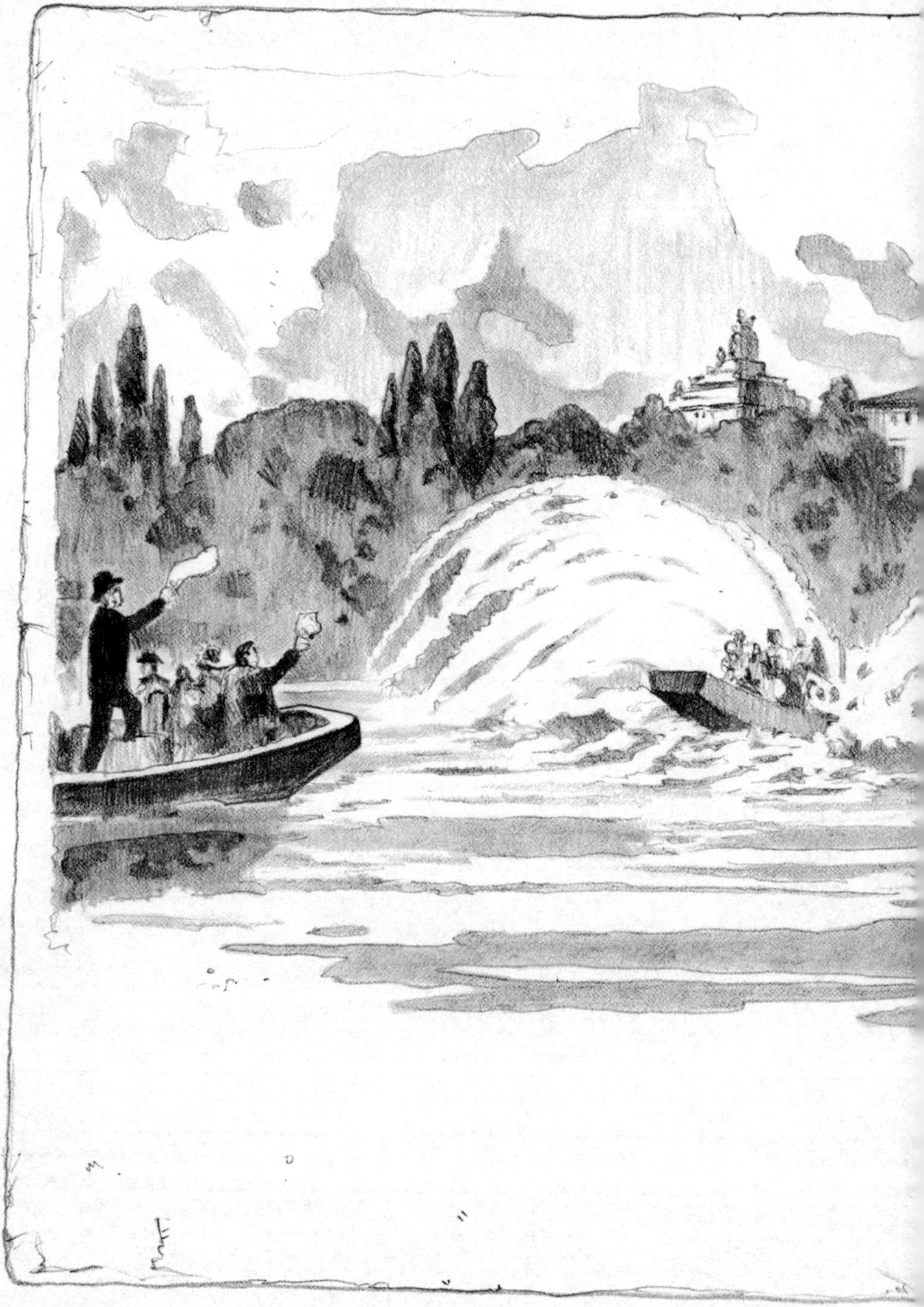

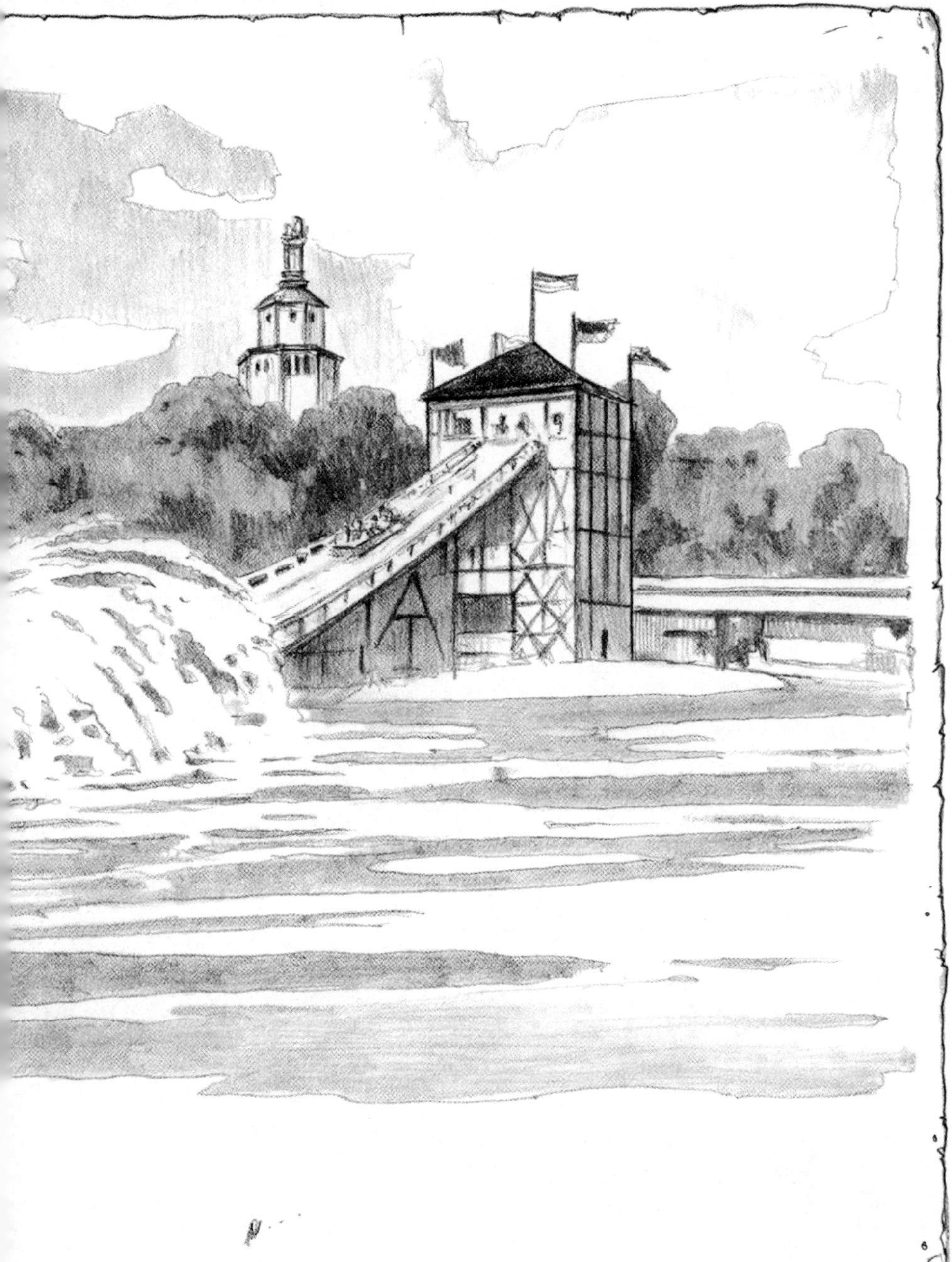